古詩源卷十

宋詩

◎孝武帝

《宋人詩》：日流于弱，古之終而律之始也。無鮑謝二公，恐風雅無色。○孝武詩，時有巧思。

自君之出矣

自君之出矣，金翠闇無精。思君如日月，回還晝夜生。

◎南平王鑠

白紵曲

偲偲徐動何盈盈，玉腕俱凝若雲行。佳人舉袖輝青蛾，摻摻擢手映鮮羅。狀似明月泛雲河，體如輕風動流波。

晉曲似拙，然氣味極厚，此但覺其鮮秀矣。風氣升降，作者不能自主。

擬行行重行行

眇眇陵長道，遥遥行遠之。迴車背京里，揮手從此辭。堂上流塵生，庭中綠草滋。寒螿翔水曲，秋兔依山基。芳年有華月，佳人無還期。日夕涼風起，對酒長相思。悲發江南調，憂委子衿詩。卧覺明燈晦，坐見輕紈緇。泪容不可飾，幽鏡難復持。願垂薄暮景，照妾桑榆時。

頗臻古意。

◎何承天

雉子游原澤篇

雉子游原澤，幼懷耿介心。飲啄雖勤苦，不願棲園林。古有避世士，抗志青霄岑。浩然寄卜肆，揮棹通川陰。逍遥風塵外，散髮撫鳴琴。卿相非所盼，何况于千金。功名豈不美，寵辱亦相尋。冰炭結六府，憂虞纏胸襟。當世須大度，量己不克任。三復泉流誡，自警良已深。

◎顔延之

顔詩，惠休品爲鏤金錯采，然鏤刻太甚，填綴求工，轉傷真氣，中間如《五君詠》《秋胡行》，皆清真高逸者也。○士衡長于敷陳，延之長于鏤刻，然亦緣此爲累。《詩》云：穆如清風。是爲雅音。

應詔讌曲水作詩八章

《宋略》曰：文帝元嘉十一年三月丙辰，禊飲于樂游苑，且祖江夏王義恭、衡陽王義季。有詔會者賦詩。

道隱未形，治彰既亂。帝迹懸衡，皇流共貫。惟王創物，永錫洪算。仁固開周，義高登漢。

祚融世哲，業光列聖。太上正位，天臨海鏡。制以化裁，樹之形性。惠浸萌生，信及翔泳。太上，謂文帝也。

崇虛非徵，積實莫尚。豈伊人和，實靈所貺。日完其朔，月不掩望。航琛越水，輦賮逾嶂。『賮』，同贐，言遠夷納貢也。

帝體麗明，儀辰作貳。君彼東朝，金昭玉粹。德有潤身，禮不愆器。柔中淵映，芳猷蘭秘。『帝體』，太子也。《記》曰：長子正體于上。○《詩傳》曰：儀，匹也。辰，北辰也。

昔在文昭，今惟武穆。于赫王宰，方旦居叔。有晬叡蓄，爰履奠牧。寧極和鈞，屏京維服。『王宰』，謂王爲宰輔。比之周旦，而亦居叔也，指江夏、衡陽二王。

朏魄雙交，月氣參變。開榮灑澤，舒虹爍電。化際無間，皇情爰眷。伊思鎬飲，每惟洛宴。『朏魄雙交』，謂月之三日也。『月氣參變』，謂三月也。此説入修禊。

郊餞有壇，君舉有禮。幕帷蘭甸，畫流高陛。分庭薦樂，析波浮醴。豫同夏諺，事兼出濟。

仰閲豐施，降惟微物。三妨儲隸，五塵朝黻。途泰命屯，思充報屈。有悔可悛，滯瑕難拂。『微物』，自謂也。『三妨』『五塵』，謂己所歷之官位。○八章次序有法。追金琢玉，不妨沈悶，義山所謂句奇語重者耶！

郊祀歌

夤威寶命，嚴恭帝祖。炳海表岱，系唐胄楚。靈監睿文，民屬睿武。奄受敷錫，宅中拓宇。亘地稱皇，罄天作主。月竁來賓，日際奉土。開元首正，禮交樂舉。六典聯事，九官列序。有牷在滌，有絜同潔。在俎。薦饗王衷，以答神祜。《尚書》曰：海岱及淮惟徐州。《東京賦》曰：系唐統，接漢緒。沈約《宋書》曰：高祖，彭城人，楚元王之後也。彭城，徐州之境。○『竈』同窟。

維聖饗帝，維孝饗親。皇乎備矣，有事上春。禮行宗祀，敬達郊禋。金枝中樹，廣樂四陳。陟配在京，降聽在民。奔精昭夜，高燎煬晨。陰明浮爍，沈禜深淪。告成大報，受釐元神。月御按節，星驅扶輪。遥興遠駕，曜曜振振。『奔精』，星流也。○宋爲水德而主辰，故陰明之宿，浮爍而揚光。『沈禜』，所祭沈淪而沈静也。『禜』，祭名。○『月御』二句，言天神降而月御爲之按節，星驅爲之扶輪也。

贈王太常

玉水記方流，琁源載圓折。蓄寶每希聲，雖祕猶彰徹。聆龍瞭音砌。九淵，聞鳳窺丹穴。歷聽豈多士，歸然覯時哲。舒文廣國華，敷言遠朝列。德輝灼邦懋，芳風被鄉耋。側同幽人居，郊扉常晝閉。林閭時晏開，亟迴長必列切。者轍。庭昏見野陰，山明望松雪。静惟浹群化，徂生入窮節。豫往誠歡歇，悲來非樂闋。屬美謝繁翰，遥懷具短札。《尸子》曰：凡水，其方折者有玉，其圓折者有珠。○『瞭』，察也。○用筆太重，非詩人本色。

夏夜呈從兄散騎車長沙

『散騎』，字敬宗。『車長沙』，字仲遠。

炎天方埃鬱，暑晏闋塵紛。獨静闕偶坐，臨堂對星分。側聽風薄木，遥睇月開雲。夜蟬當夏急，陰蟲先秋聞。歲候初過半，荃蕙豈久芬。屏居惻物變，慕類抱情殷。九逝非空思，七襄無成文。《楚詞》曰：惟郢路之遼遠兮，魂一夕而九逝。

北使洛

《宋書》曰：延之洛陽道中作，文辭藻麗。爲謝晦、傅亮所賞。

改服飭徒旅，首路踽險艱。振楫發吴洲，秣馬陵楚山。塗山梁宋郊，道由周鄭間。前登陽城路，日夕望三川。在昔輟期運，經始闊聖賢。伊瀔絶津濟，臺館無尺椽。宫陛多巢穴，城闕生雲烟。王猷升八表，嗟行方暮年。陰風振凉野，飛雪瞀窮天。臨塗未及引，置酒慘無言。隱閔徒御悲，威遲良馬煩。游役去芳時，歸來屢徂諐。古愆字。蓬心既已矣，飛薄殊亦然。

《抱朴子》曰：聞之前志，聖人生率闊五百歲。〇黍離之感，行役之悲，情旨暢越。

五君詠五首

竹林七賢，山濤、王戎，以貴顯被斥。

阮步兵籍。

阮公雖淪迹，識密鑑亦洞。沈醉似埋照，寓辭類託諷。長嘯若懷人，越禮自驚衆。物故不可論，途窮能無慟。

嵇中散康。

中散不偶世，本自餐霞人。形解驗默仙，吐論知凝神。立俗迕流議，尋山洽隱淪。鸞翮有時鎩，龍性誰能馴。《桓子新論》曰：聖人皆形解仙去。

劉參軍伶。

劉伶善閉關，懷情滅聞見。鼓鐘不足歡，榮色豈能眩。韜精日沈飲，誰知非荒宴。頌酒雖短章，深衷自此見。《老子》曰：善閉者無關鍵而不可開，言道德內充，情欲俱閉也。

阮始平咸。

仲容青雲器，實禀生民秀。達音何用深，識微在金奏。郭奕已心醉，山公非虛觀。屢薦不入官，一麾乃出守。阮咸哀樂至到，過絶于人。太原郭奕，見之心醉。〇《山濤啓事》曰：咸若在官之職，必妙絶于時。

向常侍秀。

向秀甘淡薄，深心託豪素。探道好淵玄，觀書鄙章句。交呂既鴻軒，攀嵇亦鳳舉。流連河裏游，惻愴山陽賦。秀嘗與嵇康偶鍛于洛邑，與吕安灌園于山陽。

秋胡詩九首

椅梧傾高鳳，寒谷待鳴律。影響豈不懷，自遠每相匹。婉彼幽閑女，作嬪君子室。峻節貫秋霜，明豔侔朝日。嘉運既我從，欣願自此畢。椅梧佇鳳鳥之來儀，寒谷待吹律而成煦。言夫婦之相匹，如影響之相思也。

燕居未及好，良人顧有違。脱巾千里外，結綬登王畿。戒徒在昧旦，左右來相依。驅車出郊郭，行路正威遲。存爲久離别，没爲長不歸。

嗟余怨行役，三陟窮晨暮。嚴駕越風寒，解鞍犯霜露。原隰多悲凉，回飆卷高樹。離獸起荒蹊，驚鳥縱横去。悲哉游宦子，勞此山川路。《卷耳》詩：陟彼崔嵬，陟彼高岡，陟彼砠矣。故曰「三陟」。

超遥行人遠，宛轉年運徂。良時爲此别，日月方向除。孰知寒暑積，僶俛見榮枯。歲暮臨空房，凉風起坐隅。寢興日已寒，白露生庭蕪。一章至四章，言宦仕于外，已之靡日不思也。

勤役從歸願，反路遵山河。昔辭秋未素，今也歲載華。蠶月歡時暇，桑野多經過。佳人從所務，窈窕援高柯。傾城誰不顧，弭節停中何。

年往誠思勞，路遠闊音形。雖爲五載别，相與昧平生。捨車遵往路，鳧藻馳目成。南金豈不重，聊自意所輕。義心多苦調，密比金玉聲。五章至六章，言遇于桑下。秋胡子下車，與之以金也。○班彪《冀州賦》曰：感鳧藻以進樂。

高節難久淹，朅來空復辭。遲遲前途盡，依依造門基。上堂拜嘉慶，入室問何之。日暮行采歸，物色桑榆時。美人望昏至，慚嘆前相持。此章言其母使人呼其婦至，乃向采桑者也。

有懷誰能已，聊用申若言。離居殊年載，一别阻河關。春來無時豫，秋至恒早寒。明發動愁心，閨中起長嘆。慘悽歲方晏，日落游子顔。言情之慘悽，在乎歲之方晏。日之將落，愈思游子之顔。此章申言五載中思慕情事。○前章説相持矣，以常情言，宜即出憤語，此却申言離居之苦，急處用緩承，正是節奏之妙。

高張生絶弦，聲急由調起。自昔枉光塵，結言固終始。如何久爲别，百行諐古愆字。諸己。君子失明義，誰與偕没齒。愧彼行露詩，甘之長川汜。高張生于絶弦，喻立節期于效命。聲急由乎調起，喻詞切興于恨深。○《易》曰：歸妹，人之終始也。○無古樂府之警健，然章法綿密，布置穩順，在延之爲上乘矣。

◎謝靈運

前人評康樂詩，謂東海揚帆，風日流利，此不甚允。大約經營慘淡，鉤深索隱，而一歸自然。山水閒適，時遇理趣，匠心獨運，少規往則。建安諸公，都非所屑，況士衡以下。○陶詩合下自然，不可及處，在真在厚。謝詩追琢而返于自然，不可及處，在新在俊。千古並稱，厥有由夫。○陶詩高處在不排，謝詩勝處在排，所以終遜一籌。○劉勰《明詩篇》曰：老莊告退，而山水方滋，見游山水詩以康樂爲最。

從游京口北固應詔 從宋武帝。

玉璽誡誠信，黄屋示崇高。事爲名教用，道以神理超。昔聞汾水游，今見塵外鑣。鳴笳發春渚，税鑾登山椒。張組眺倒景，同影。列筵矚歸潮。遠岩映蘭薄，白日麗江皋。原隰荑綠柳，墟囿散紅桃。皇心美陽澤，萬象咸光昭。顧已枉維縶，撫志慚場苗。工拙各所宜，終以返林巢。曾是縈舊想，覽物奏長謡。《莊子》曰：堯見四子藐姑射之山，汾水之陽。○理語入詩，而不覺其腐，全在骨高。

述祖德詩二首

序曰：太元中，王父龕定淮南，負荷世業，尊主隆人。逮賢相徂謝，君子道消，拂衣蕃岳，考卜東山，事同樂生之時，志期范蠡之舉。『王父』，謂玄也。

『龕』，同戡，勝也。『龕定淮南』，謂敗苻堅事。

達人貴自我，高情屬天雲。兼抱濟物性，而不纓垢氛。段生蕃魏國，展季救魯人。弦高犒晉師，仲連却秦軍。臨組乍不紲，對珪寧肯分。惠物辭所賞，勵志故絶人。苕苕歷千載，遥遥播清塵。清塵竟誰嗣，明哲垂經綸。委講輟道論，改服康世屯。屯難既雲康，尊主隆斯民。『弦高犒秦師』，在『晉』之道。『晉』，音晋，見《吕氏春秋》。諸本爲晋字之誤也，因改正。

中原昔喪亂，喪亂豈解已。崩騰永嘉末，逼迫太元始。河水無反正，江介有蹙圮。萬邦咸震懾，横流賴君子。拯溺由道情，龕暴資神理。秦趙欣來蘇，燕魏遲文軌。賢相謝世運，遠圖因事止。高揖七州外，拂衣五湖裏。隨山疏濬潭，傍巖藝枌梓。遺情捨塵物，貞觀丘壑美。『蹙圮』，《詩》曰：日蹙國百里。《爾雅》曰：圮，敗覆也。《莊子》曰：夫道有情有性。

九日從宋公戲馬臺集送孔令

季秋邊朔苦，旅雁違霜雪。凄凄陽卉腓，皎皎寒潭潔。良辰感聖心，雲旗興暮節。鳴笳戾朱宮，蘭巵獻時哲。餞晏光有孚，和樂隆所缺。在宥天下理，吹萬群方悅。歸客遂海隅，脫冠謝朝列。弭棹薄枉渚，指景待樂闋。河流有急瀾，浮驂無緩轍。豈伊川途念，宿心愧將別。彼美丘園道，喟焉傷薄劣。《詩序》曰：《鹿鳴》廢，則和樂缺矣。○《莊子》曰：聞在宥天下，不聞治天下也。郭象曰：宥使自在，則治也。○《莊子》：南郭子綦曰：夫吹萬不同，而使其自已也。司馬彪曰：言天氣吹煦，長養萬物，形氣不同。已，止也，使各得其性而止。

鄰里相送至方山

祗役出皇邑，相期憩甌越。解纜及流潮，懷舊不能發。析析就衰林，皎皎明秋月。含情易爲盈，遇物難可歇。積痾謝生慮，寡欲罕所闕。資此永幽棲，豈伊千歲別。各勉日新志，音塵慰寂蔑。『解纜』二句，別緒低徊，『含情』二句，觸境自得。

過始寧墅

束髮懷耿介，逐物遂推遷。違志似如昨，二紀及茲年。緇磷謝清曠，疲薾慚貞堅。拙疾相倚薄，還得靜者便。剖竹守滄海，枉帆過舊山。山行窮登頓，水涉盡洄沿。岩峭嶺稠疊，洲縈渚連綿。白雲抱幽石，綠篠媚清漣。葺宇臨迴江，築觀基層巔。揮手告鄉曲，二載期歸旋。且爲樹枌檟，無令孤願言。登頓沿洄，非老于游山水者不知。○《左傳》：初季孫爲己樹六檟于蒲圃泉門之外，杜註曰：檟，自爲櫬也。○始寧縣，謝公故宅及墅在焉，茲因之官過此，故有末四句。

七里瀨

羈心積秋晨，晨積展游眺。孤客傷逝湍，徒旅苦奔峭。石淺水潺湲，日落山照曜。荒林紛沃若，哀禽相叫嘯。遭物悼遷斥，存期得要妙。既秉上皇心，豈屑末代誚。目睹嚴子瀨，想屬任公釣。誰謂今古殊，異代可同調。

登池上樓 在永嘉郡。

潛虬媚幽姿，飛鴻響遠音。薄霄愧雲浮，棲川怍淵沈。進德智所拙，退耕力不任。狥祿反窮海，卧痾對空林。衾枕昧節候，褰開暫窺臨。傾耳聆波瀾，舉目眺嶇嶔。初景革緒風，新陽改故陰。池塘生春草，園柳變鳴禽。祁祁傷豳歌，萋萋感楚吟。索居易永久，離群難處心。持操豈獨古，無悶徵在今。虬以深潛而保真，鴻以高飛而遠害。今以嬰世網，故有愧虬與鴻也。『薄霄』，頂『飛鴻』。『棲川』，頂『潛虬』。○《楚詞》曰：款秋冬之緒風。○池塘生春草，偶然佳句，何必深求？權德輿解爲王澤竭，候將變，何句不可穿鑿耶？

游南亭 亦永嘉郡。

時竟夕澄霽，雲歸日西馳。密林含餘清，遠峰隱半規。久痗昏墊苦，旅館眺郊岐。澤蘭漸被徑，芙蓉始發池。未厭青春好，已睹朱明移。戚戚感物嘆，星星白髮垂。藥餌情所止，衰疾忽在斯。逝將候秋水，息景偃舊崖。我志誰與亮，賞心惟良知。起先用寫景，第六句點出『眺郊岐』，此倒插法也，少陵往往用之。○『良知』，謂良友。

游赤石進泛海

首夏猶清和，芳草亦未歇。水宿淹晨暮，陰霞屢興没。周覽倦瀛壖，況乃凌窮髮。川后時安流，天吴靜不發。揚帆采石華，挂席拾海月。溟漲無端倪，虛舟有超越。仲連輕齊組，子牟眷魏闕。矜名道不足，適己物可忽。請附任公言，終然謝先伐。張衡《歸田賦》：仲春令月，時和氣清，指二月言。此言首夏，猶之清和，芳草亦未歇也。後人以四月爲清和，謬矣。○《臨海志》曰：石華，附石而生；海月，大如鏡，白色。《莊子》曰：孔子圍于陳，太公任往弔之，曰：直木先伐，甘泉先竭，子其意者飾智以驚愚，修身以明污，昭昭若揭日月而行，故不免也。

登江中孤嶼 在永嘉江心。

江南倦歷覽，江北曠周旋。懷新道轉迴，尋異景不延。亂流趨正絶，孤嶼媚中川。雲日相輝映，空水共澄鮮。表靈物莫賞，蘊真誰爲傳。想像崑山姿，緬邈區中緣。始信安期術，得盡養生年。『懷新道轉迴』，謂貪尋新境，忘其道之遠也。『尋異景不延』，謂往前探奇，當前妙景，不能少遷延也。深于尋幽者知之，十字字字耐人咀味。○『亂流』二句，謂截流而渡，忽得孤嶼。余嘗游金焦，誦此二句，愈覺其妙。

登永嘉緑嶂山詩

裹糧杖輕策，懷遲上幽室。行源逕轉遠，距陸情未畢。澹瀲結寒姿，團欒潤霜質。澗委水屢迷，林迥巖逾密。眷西謂初月，顧東疑落日。踐夕奄昏曙，蔽翳皆周悉。蠱上貴不事，履二美貞吉。幽人常坦步，高尚邈難匹。頤阿竟何端，寂寂寄抱一。恬如既已交，繕性彼此出。『眷西』四句，言深入蒼翠中，幾不知旦暮，左眺右瞻，疑誤日月也。然此詩過于雕鏤，漸失天趣，取其用意之佳耳。

齋中讀書

昔余游京華，未嘗廢丘壑。矧乃歸山川，心迹雙寂漠。虛館絕諍訟，空庭來鳥雀。卧疾豐暇豫，翰墨時間作。懷抱觀古今，寢食展戲謔。既笑沮溺苦，又哂子雲閣。執戟亦以疲，耕稼豈云樂。萬事難並歡，達生幸可託。《楚詞》曰：野寂漠其無人。漠，同寞。○『子雲閣』，强押。

田南樹園激流植援

命題簡古。

樵隱俱在山，由來事不同。不同非一事，養痾亦園中。中園屏氛雜，清曠招遠風。卜室倚北阜，啓扉面南江。激澗代汲井，插槿當列墉。群木既羅户，衆山亦當窗。靡迤趨下田，迢遞瞰高峰。寡欲不期勞，即事罕人功。惟開蔣生逕，永懷求羊蹤。賞心不可忘，妙善冀能同。郭象注莊曰：妙善同，故無往而不冥也。同字重韻。

石壁精舍還湖中作

昏旦變氣候，山水含清暉。清暉能娛人，游子憺忘歸。出谷日尚早，入舟陽已微。林壑斂暝色，雲霞收夕霏。芰荷迭映蔚，蒲稗相因依。披拂趨南徑，愉悅偃東扉。慮澹物自輕，意愜理無違。寄言攝生客，試用此道推。

登石門最高頂

晨策尋絶壁，夕息在山棲。疏峰抗高館，對嶺臨迴溪。長林羅户穴，積石擁階基。連巖覺路塞，密竹使徑迷。來人忘新術，去子惑故蹊。活活夕流駛，噭噭夜猿啼。沈冥豈别理，守道自不携。心契九秋榦，目翫三春荑。居常以待終，處順故安排。惜無同懷客，共登青雲梯。

石門新營所住四面高山迴溪石瀨茂林修竹

躋險築幽居，披雲卧石門。苔滑誰能步，葛弱豈可捫。嫋嫋秋風過，萋萋春草繁。美人游不還，佳期何由敦。芳塵凝瑶席，清醑滿金樽。洞庭空波瀾，桂枝徒攀翻。結念屬霄漢，孤景莫與諼。俯濯石下潭，仰看條上猿。早聞夕飆急，晚見朝日暾。崖傾光難留，林深響易奔。感往慮有復，理來情無存。庶持乘日車，得以慰營魂。匪爲衆人説，冀與智者論。

「早聞」二句，總見光景之不同。『感往』二句，言悲感已往，而夭壽紛錯，故慮有迴復。妙理若來，而物我俱喪，故情無所存。○《莊子·牧馬篇》：童子謂黄帝曰：有長者教予曰，若乘日之車，而游襄城之野。○《楚辭》曰：載營魂而升霞。

于南山往北山經湖中瞻眺

朝旦發陽崖，景落憩陰峰。捨舟眺迴渚，停策倚茂松。側逕既窈窕，環洲亦玲瓏。俯視喬木杪，仰聆大壑潨。石横水分流，林密蹊絶蹤。解（音蟹。）作竟何感，升長皆丰容。初篁苞緑籜，新蒲含紫茸。海鷗戲春岸，天鷄弄和風。撫化心無厭，覽物眷彌重。不惜去人遠，但恨莫與同。孤游非情嘆，賞廢理誰通。

《易》曰：天地解而雷雨作，雷雨作而百果草木皆甲拆。又曰：地中生木升。詩中用經，無如謝公者。

從斤竹澗越嶺溪行

猿鳴誠知曙，谷幽光未顯。巖下雲方合，花上露猶泫。逶迤傍隈隩，迢遞陟陘峴。過澗既厲急，登棧亦陵緬。川渚屢經復，乘流翫迴轉。蘋萍泛沈深，菰蒲冒清淺。企石挹飛泉，攀林摘葉卷。想見山阿人，薜蘿若在眼。握蘭勤徒結，折麻心莫展。情用賞爲美，事昧竟誰辨。觀此遺物慮，一悟得所遺。『過澗既厲急』，用以衣涉水事。○棗據《逸民賦》曰：握春蘭兮遺芳。《楚辭》曰：折疎麻兮瑶華，將以遺兮離居。此云『勤徒結』『心莫展』，言欲贈友而末由也，承上二句看便明。

過白岸亭詩

拂衣遵沙垣，緩步入蓬屋。近澗涓密石，遠山映疎木。空翠難强名，漁釣易爲曲。援蘿聆青崖，春心自相屬。交交止栩黃，呦呦食苹鹿。傷彼人百哀，嘉爾承筐樂。榮悴迭去來，窮通成休慼。未若常疎散，萬事恒抱朴。凡物可以名，則淺矣。『難强名』，神于寫『空翠』者。○『止栩黃』，言黃鳥止于栩也，然終未妥。

初去郡

爲永嘉守二年，稱疾去職還始寧。

彭薛裁知耻，貢公未遺榮。或可優貪競，豈足稱達生。伊予秉微尚，拙訥謝浮名。廬園當棲巖，卑位代躬耕。顧己雖自許，心迹猶未并。無庸妨周任，有疾象長卿。畢娶類尚子，薄游似邴生。恭承古人意，促裝返柴荆。牽絲及元興，解龜在景平。負心二十載，于今廢將迎。理棹遄還期，遵渚騖修坰。溯溪終水涉，登嶺始山行。野曠沙岸净，天高秋月明。憩石挹飛泉，攀林搴落英。戰勝臞者肥，鑑止流歸停。即是羲唐化，獲我擊壤情。《漢書》曰：廣德當宣，近于知耻，謂彭宣、薛廣德也。『貢公』，指貢禹。○『邴生』，謂曼容，養志自修，爲官不肯過六百石，輒自免去。○子夏曰：吾入見先王之義則榮之，出見富貴又榮之。二者戰于胸臆，故臞。今見先王之義戰勝，故肥也。○《文子》曰：莫監于流潦，而監于止水。

夜宿石門詩

朝搴苑中蘭，畏彼霜下歇。暝還雲際宿，弄此石上月。鳥鳴識夜棲，木落知風發。異音同至聽，殊響俱清越。妙物莫爲賞，芳醑誰與伐。美人竟不來，陽阿徒晞髮。『異音同至聽』『空翠難强名』，皆謝公獨造語。

入彭蠡湖口

客游倦水宿，風潮難具論。洲島驟迴合，圻岸屢崩奔。乘月聽哀狖，浥露馥芳蓀。春晚綠野秀，巖高白雲屯。千念集日夜，萬感盈朝昏。攀崖照石鏡，牽葉入松門。三江事多往，九派理空存。靈物吝珍怪，異人祕精魂。金膏滅明光，水碧綴流溫。徒作千里曲，弦絕念彌敦。

入華子岡是麻源第三谷

南州實炎德，桂樹凌寒山。銅陵映碧澗，石磴瀉紅泉。既枉隱淪客，亦棲肥遯賢。險徑無測度，天路非術阡。遂登群峰首，邈若升雲烟。羽人絕髣髴，丹兵徒空筌。圖牒復磨滅，碑版誰聞傳。莫辨百代後，安知千載前。且申獨往意，乘月弄潺湲。恒充俄頃用，豈爲古今然。

歲暮

殷憂不能寐，苦此夜難頹。明月照積雪，朔風勁且哀。運往無淹物，

年逝覺已催。闕文。

古詩源卷十一

宋詩

◎謝瞻

答靈運

夕霽風氣涼，閑房有餘清。開軒滅華燭，月露皓已盈。獨夜無物役，寢者亦云寧。忽獲愁霖唱，懷勞奏所誠。嘆彼行旅艱，深茲眷言情。伊余雖寡慰，殷憂暫爲輕。牽率酬嘉藻，長揖愧吾生。

九日從宋公戲馬臺集送孔令詩

宋高祖游戲馬臺送孔靖，命僚佐賦詩，瞻作冠于一時。

風至授寒服，霜降休百工。繁林收陽彩，密苑解華叢。巢幕無留燕，遵渚有來鴻。輕霞冠秋日，迅商薄清穹。聖心眷嘉節，揚鑾戾行宮。四筵沾芳醴，中堂起絲桐。扶光迫西汜，歡餘宴有窮。逝矣將歸客，養素克有終。臨流怨莫從，歡心嘆飛蓬。《淮南子》曰：日出暘谷拂扶桑。《楚辭》曰：出自暘谷，次于蒙汜。〇時晉帝尚存，而崇媚宋公至此，視淵明有餘慚矣。康樂篇亦然。

◎謝惠連

謝宣遠詩，一味鏤刻，失自然之致，詠張子房作，爲生硬之尤者，雖當時推重，删之。

擣衣

衡紀無淹度，晷運倏如摧。白露滋園菊，秋風落庭槐。肅肅莎鷄羽，烈烈寒螿啼。夕陰結空幕，宵月皓中閨。美人戒裳服，端飾相招攜。簪玉出北房，鳴金步南階。櫚高砧響發，楹長杵聲哀。微芳起兩袖，輕汗染雙題。紈素既已成，君子行未歸。裁用笥中刀，縫爲萬里衣。盈篋自余手，幽緘俟君開。腰帶準疇昔，不知今是非。《漢書》曰：用昏建者杓夜半。建者，衡。衡，斗之中央也。〇一結能作情語，不入纖靡。

西陵遇風獻康樂

我行指孟春，春仲尚未發。趣途遠有期，念離情無歇。成裝候良辰，漾舟陶嘉月。瞻塗意少悰，還顧情多闕。《楚辭》曰：陶嘉月兮總駕。陶，喜也。

哲兄感仳別，相送越坰林。飲餞野亭館，分袂澄湖陰。悽悽留子言，眷眷浮客心。迴塘隱艫栧，遠望絶形音。

靡靡即長路，戚戚抱遥悲。悲遥但自弭，路長當語誰。行行道轉遠，去去情彌遲。昨發浦陽汭，今宿浙江湄。

屯雲蔽曾嶺，驚風涌飛流。零雨潤墳澤，落雪灑林丘。浮氛晦崖巘，積素或原疇。曲汜薄停旅，通川絶行舟。

臨津不得濟，佇檝阻風波。蕭條洲渚際，氣色少諧和。西瞻興游嘆，東睇起悽歌。積憤成疢痗，無萱將如何。雅音徘徊，清婉可誦。

秋懷

平生無志意，少小嬰憂患。如何乘苦心，矧復值秋晏。皎皎天月明，奕奕河宿爛。蕭瑟含風蟬，寥唳度雲雁。寒商動清閨，孤燈曖幽幔。耿介繁慮積，展轉長宵半。夷險難預謀，倚伏昧前算。雖好相如達，不同長卿慢。頗悦鄭生偃，無取白衣宦。未知古人心，且從性所翫。賓至可命觴，朋來當染翰。高臺驟登踐，清淺時陵亂。頹魄不再圓，傾羲無兩旦。金石終銷毁，丹青暫雕煥。各勉玄髮歡，無貽白首嘆。因歌遂成賦，聊用布親串。雖好相如之達，而不同其慢。頗悦鄭均之偃仰，而無取其爲白衣尚書。故下云『且從性所翫』也。○《汲冢紀年》：懿王元年，天再旦于鄭。○『串』，音慣，讀作穿上聲者非。

泛湖歸出樓中望月

日落泛澄瀛，星羅游輕橈。憩樹面曲汜，臨流對迴潮。輟策共駢筵，並坐相招要。哀鴻鳴沙渚，悲猿響山椒。亭亭映江月，飂飂出谷飆。斐斐氣冪岫，泫泫露盈條。近矚祛幽蘊，遠視蕩諠囂。晤言不知罷，從夕至清朝。

◎謝莊

北宅秘園

夕天霽晚氣，輕霞澄暮陰。微風清幽幌，餘日照青林。收光漸窗歇，窮園自荒深。綠池翻素景，秋懷響寒音。伊人儻同愛，弦酒共棲尋。「棲尋」，謂同棲息、同游尋也。○諸謝詩獨詳康樂，餘所收從略。

◎鮑照

明遠樂府，如五丁鑿山，開人世所未有，後太白往往效之。五言古亦在顏、謝之間。○抗音吐懷，每成亮節。其高處遠軼機、雲，上追操、植。○五言古雕琢與謝公相似，自然處不及。

代東門行

「代」，猶擬也。

傷禽惡弦驚，倦客惡離聲。離聲斷客情，賓御皆涕零。涕零心斷絕，將去復還訣。一息不相知，何況異鄉別。遙遙徵駕遠，杳杳白日晚。居人掩閨臥，行子夜中飯。野風吹秋木，行子心腸斷。食梅常苦酸，衣葛常苦寒。絲竹徒滿座，憂人不解顏。長歌欲自慰，彌起長恨端。「食梅常苦酸」一聯，與《青青河畔草》篇忽入枯桑知天風，海水知天寒一種神理。

代放歌行

蓼蟲避葵堇，習苦不言非。小人自齷齪，安知曠士懷。雞鳴洛城裏，禁門平旦開。冠蓋縱橫至，車騎四方來。素帶曳長飆，華纓結遠埃。日中安能止，鐘鳴猶未歸。夷世不可逢，賢君信愛才。明慮自天斷，不受外嫌猜。一言分珪爵，片善辭草萊。豈伊白璧賜，將起黃金臺。今君有何疚，臨路獨遲迴。《楚辭》曰：蓼蟲不徙乎葵藿。言蓼蟲處辛辣，食苦惡，不徙葵藿，食甘美也。○「素帶」二語，寫盡富貴人塵俗之狀，漢詩中所謂冠帶自相索也。

代白頭吟

直如朱絲繩，清如玉壺冰。何慚宿昔意，猜恨坐相仍。人情賤恩舊，世議逐衰興。毫髮一爲瑕，丘山不可勝。食苗實碩鼠，點白信蒼蠅。鳧鵠遠成美，薪芻前見陵。中黜褒女進，班去趙姬升。周王日淪惑，漢帝益嗟稱。心賞猶難恃，貌恭豈易憑。古來共如此，非君獨撫膺。「鳧鵠遠成美」，言鷄以近而忘其美，鵠以所從來遠而覺其美也。用田饒答魯哀公語意。○「薪芻前見陵」，「陵」，侵也，即譬如積薪，後來者處上意。

代東武吟

主人且勿諠，賤子歌一言。僕本寒鄉士，出身蒙漢恩。始隨張校尉，占募到河源。後逐李輕車，追虜窮塞垣。密塗亘萬里，寧歲猶七奔。肌力盡鞍甲，心思歷涼温。將軍既下世，部曲亦罕存。時事一朝異，孤績誰復論。少壯辭家去，窮老還入門。腰鐮刈葵藿，倚杖牧鷄豚。昔如韝上鷹，今似檻中猿。徒結千載恨，空負百年怨。平聲。棄席思君幄，疲馬戀君軒。願垂晉主惠，不愧田子魂。「張校尉」謂張騫，「李輕車」謂李蔡。○「七奔」，《左傳》：吴入州來，子重、子反，于是乎一歲七奔命。○「棄席」用晉文公事，「疲馬」用田子方事，俱見《韓詩外傳》。

代出自薊北門行

羽檄起邊亭，烽火入咸陽。徵師屯廣武，分兵救朔方。嚴秋筋竿勁，虜陣粗且彊。天子按劍怒，使者遥相望。雁行緣石徑，魚貫度飛梁。簫鼓流漢思，旌甲被胡霜。疾風衝塞起，沙礫自飄揚。馬毛縮如蝟，角弓不可張。時危見臣節，世亂識忠良。投軀報明主，身死爲國殤。明遠能爲抗壯之音，頗似孟德。

代鳴雁行

邕邕鳴雁鳴始旦，齊行命侶入雲漢。中夜相失群離亂，留連徘徊不忍散。憔悴儀容君不知，辛苦風霜亦何爲。

代淮南王

淮南王，好長生，服食鍊氣讀仙經。琉璃作碗牙作盤，金鼎玉匕合神丹。合神丹，戲紫房，紫房綵女弄明璫，鸞歌鳳舞斷君腸。朱城九門門九閨，願逐明月入君懷。入君懷，結君佩，怨君恨君恃君愛。築城思堅劍思利，同盛同衰莫相棄。「怨」「恨」「愛」并在一句中，是樂府句法。下「築城」句，是樂府神理。

代春日行

獻歲發，吾將行。春山茂，春日明。園中鳥，多嘉聲。梅始發，桃始青。泛舟艫，齊櫂驚。奏采菱，歌鹿鳴。微風起，波微生。弦亦發，酒亦傾。入蓮池，折桂枝。芳袖動，芬葉披。兩相思，兩不知。聲情駘宕。末六字比心悅君兮君不知更深。

代白紵舞歌辭四首 係奉詔作。

吳刀楚製爲佩褘，纖羅霧縠垂羽衣。含商咀徵歌露晞，珠履颯沓紈袖飛。凄風夏起素雲迴，車怠馬煩客忘歸，蘭膏明燭承夜輝。

桂宮柏寢擬天居，朱爵文窗韜綺疏。象床瑶席鎮犀渠，雕屏匼匝組帷舒。秦筝趙瑟挾笙竽，垂璫散珮盈玉除，停觴不語欲誰須。

三星參差露沾濕，弦悲管清月將入。寒光蕭條候蟲急，荆王流嘆楚妃泣。紅顔難長時易戢，凝華結藻久延立，非君之故豈安集。

池中赤鯉庖所捐，琴高乘去騰上天。命逢福世丁溢恩，簪金藉綺升曲弦。恩厚德深委如山，潔誠洗志期暮年，烏白馬角寧足言。

擬行路難

奉君金卮之美酒，瑇瑁玉匣之雕琴。七綵芙蓉之羽帳，九華葡萄之錦衾。紅顔零落歲將暮，寒光宛轉時欲沉。願君裁悲且減思，聽我抵節行路吟。不見柏梁銅雀上，寧聞古時清吹音。

洛陽名工鑄爲金博山，千斲復萬鏤，上刻秦女携手僊。承君清夜之歡娛，列置幃裏明燭前。外發龍鱗之丹綵，内含麝芬之紫烟。如今君心一朝異，對此長嘆終百年。

璇閨玉墀上椒閣，文窗綉户垂羅幕。中有一人字金蘭，被服纖羅采芳藿。春燕參差風散梅，開幃對景弄春爵。含歌攬涕恒抱愁，人生幾時得爲樂。寧作野中之雙鳧，不願雲間之别鶴。

瀉水置平地，各自東西南北流。人生亦有命，安能行嘆復坐愁。酌酒以自寬，舉杯斷絶歌路難。心非木石豈無感，吞聲躑躅不敢言。妙在不曾說破，讀之自然生愁。○起手無端而下，如黄河落天走東海也。若移在中間，猶是恒調。

對案不能食，拔劍擊柱長嘆息。丈夫生世會幾時，安能蹀躞垂羽翼。棄置罷官去，還家自休息。朝出與親辭，暮還在親側。弄兒床前戲，看婦機中織。自古聖賢盡貧賤，何况我輩孤且直。家庭之樂，豈宦游可比，明遠乃亦不免俗見耶？江淹恨賦，亦以左對孺人，顧弄稚子爲恨，功名中人，懷抱爾爾。

愁思忽而至，跨馬出北門。舉頭四顧望，但見松柏園。荆棘鬱蹲蹲，中有一鳥名杜鵑，言是古時蜀帝魂。聲音哀苦鳴不息，羽毛憔悴似人髡。飛走樹間啄蟲蟻，豈憶往日天子尊。念此死生變化非常理，中心惻愴不能言。

中庭五株桃，一株先作花。陽春妖冶二三月，從風簸蕩落西家。西家思婦見悲惋，零泪沾衣撫心嘆。初我送君出户時，何言淹留節迴换。床席生塵明鏡垢，纖腰瘦削髮蓬亂。人生不得恒稱意，惆悵倚徙至夜半。

剉蘗染黄絲，黄絲歷亂不可治。我昔與君始相值，爾時自謂可君意。結帶與君言，死生好惡不相置。今朝見我顏色衰，意中索寞與先異。還君金釵玳瑁簪，不忍見之益愁思。悲涼跌宕，曼聲促節，體自明遠獨剏。

梅花落

中庭雜樹多，偏爲梅咨嗟。問君何獨然，念其霜中能作花，露中能作實。搖蕩春風媚春日，念爾零落逐寒風，徒有霜華無霜質。以「花」字聯上「嗟」字成韻，以「實」字聯下「日」字成韻，格法甚奇。

登黃鶴磯

木落江渡寒，雁還風送秋。臨流斷商弦，瞰川悲棹謳。適郢無東轅，還夏有西浮。三崖隱丹磴，九派引滄流。泪竹感湘別，弄珠懷漢游。豈伊藥餌泰，得奪旅人憂。出語蒼堅，發端有力。

日落望江贈荀丞

旅人乏愉樂，薄暮增思深。日落嶺雲歸，延頸望江陰。亂流灇大壑，長霧匝高林。林際無窮極，雲邊不可尋。惟見獨飛鳥，千里一揚音。推其感物情，則知游子心。君居帝京内，高會日揮金。豈念慕群客，咨嗟戀景沉。

吴興黃浦亭庾中郎別

風起洲渚寒，雲上日無輝。連山眇烟霧，長波迴難依。旅雁方南過，浮客未西歸。已經江海別，復與親眷違。奔景易有窮，離袖安可揮。歡觴爲悲酌，歌服成泣衣。温念終不渝，藻志遠存追。役人多牽滯，顧路慚奮飛。昧心附遠翰，炯言藏佩韋。

贈傅都曹別

輕鴻戲江潭，孤雁集洲沚。邂逅兩相親，緣念共無已。風雨好東西，一隔頓萬里。追憶棲宿時，聲容滿心耳。落日川渚寒，愁雲繞天起。短翮不能翔，徘徊烟霧裏。

行京口至竹里

高柯危且竦，鋒石横復仄。複澗隱松聲，重崖伏雲色。冰閉寒方壯，風動鳥傾翼。斯志逢彫嚴，孤游值曛逼。兼塗無憩鞍，半菽不遑食。君子樹令名，細人效命力。不見長河水，清濁俱不息。

上潯陽還都道中作

昨夜宿南陵，今旦入蘆洲。客行惜日月，崩波不可留。侵星赴早路，畢景逐前儔。鱗鱗夕雲起，獵獵晚風遒。騰沙鬱黄霧，翻浪揚白鷗。登艫眺淮甸，掩泣望荆流。絶目盡平原，時見遠烟浮。倏悲坐還合，俄思甚兼秋。未嘗違户庭，安能千里游。誰令乏古節，貽此越鄉憂。

發後渚

江上氣早寒，仲秋始霜雪。從軍乏衣糧，方冬與家别。蕭條背鄉心，悽愴清渚發。凉埃暉平皋，飛潮隱修樾。孤光獨徘徊，空烟視昇滅。塗隨前峰遠，意逐後雲結。華志分馳年，韶顔慘驚節。推琴三起嘆，聲爲君斷絶。琢句寧生澀，不肯凡近。

詠史

五都矜財雄，三川養聲利。千金不市死，明經有高位。京城十二衢，飛甍各鱗次。仕子彯華纓，游客竦輕轡。明星晨未晞，軒蓋已雲至。賓御紛颯沓，鞍馬光照地。寒暑在一時，繁華及春媚。君平獨寂寞，身世兩相棄。陶朱公曰：吾聞千金之子，不死于市。○仕得斗絶，昔人所謂勒舞馬勢也。

擬古

魯客事楚王，懷金襲丹素。既荷主人恩，又蒙令尹顧。日晏罷朝歸，輿馬塞衢路。宗黨生光華，賓僕遠傾慕。富貴人所欲，道德亦何懼。南國有儒生，迷方獨淪誤。伐木清江湄，設置守毚兔。

十五諷詩書，篇翰靡不通。弱冠參多士，飛步游秦宮。側睹君子論，預見古人風。兩説窮舌端，五車摧筆鋒。羞當白璧貺，耻受聊城功。晚節從世務，乘障遠和戎。解佩襲犀渠，卷帙奉盧弓。始願力不足，安知今所終。《韓詩外傳》：楚襄王遣使者持金千斤，白璧百雙，聘莊子爲相。莊子不許。

幽并重騎射，少年好馳逐。氈帶佩雙鞬，象弧插雕服。獸肥春草短，飛鞚越平陸。朝游雁門上，暮還樓煩宿。石梁有餘勁，驚雀無全目。漢虜方未和，邊城屢翻覆。留我一白羽，將以分符竹。《闕子》曰：宋景公使弓人爲弓，九年乃成。公援弓東面而射之，矢逾于西霜之山，集于彭城之東，其餘力益勁，猶飲羽于石梁。○《帝王世紀》曰：羿與吴賀北游，賀使羿射雀。羿曰：生之乎？殺之乎？賀曰：射其左目。羿中其右目。抑首而媿，終身不忘。

鑿井北陵隈，百丈不及泉。生事本瀾漫，何用獨精堅。幼壯重寸陰，衰暮及輕年。放駕息朝歌，提爵止中山。日夕登城隅，周迴視洛川。街衢積凍草，城郭宿寒烟。繁華悉何在，宫闕久崩填。空謗齊景非，徒稱夷叔賢。末即賢愚同盡意。

河畔草未黄，胡雁已矯翼。秋蛩扶户吟，寒婦成夜織。去歲征人還，流傳舊相識。聞君上隴時，東望久歎息。宿昔改衣帶，朝旦異容色。念此憂如何，夜長愁更多。明鏡塵匣中，瑶琴生網羅。「扶户吟」，「扶」，猶依也。

蜀漢多奇山，仰望與雲平。陰崖積夏雪，陽谷散秋榮。朝朝見雲歸，夜夜聞猿鳴。憂人本自悲，孤客易傷情。臨堂設樽酒，留酌思平生。石以堅爲性，君勿慚素誠。《擬古》諸作，得陳思太冲遺意。

紹古辭

橘生湘水側，菲陋人莫傳。逢君金華宴，得在玉几前。三川窮名利，京洛富妖妍。恩榮難久恃，隆寵易衰偏。觀席妾悽愴，睹翰君泫然。徒抱忠孝志，猶爲葑菲遷。

昔與君別時，蠶妾初獻絲。何言年月駛，寒衣已擣治。緜綉多廢亂，篇帛久塵緇。離心壯爲劇，飛念如懸旗。石席我不爽，德音君勿欺。易旌爲旗，古人亦有此種强押。

瑟瑟涼海風，竦竦寒山木。紛紛羈思盈，慊慊夜弦促。訪言山海路，千里歌別鶴。弦絶空咨嗟，形音誰賞録。辛苦異人狀，美貌改如玉。徒畜巧言鳥，不解心款曲。

學劉公幹體

胡風吹朔雪，千里度龍山。集君瑶臺上，飛舞兩楹前。玆晨自爲美，當避豔陽天。豔陽桃李節，皎潔不成妍。

遇銅山掘黄精

土肪閟中經，水芝韜内策。寶餌緩童年，命藥駐衰曆。矧蓄終古情，重拾烟霧迹。羊角棲斷雲，榼口流隘日。銅溪晝森沉，乳竇夜涓滴。既類風門磴，復像天井壁。蹀蹀寒葉離，瀧瀧秋水積。松色隨野深，月露依草白。空守江海思，豈懷梁鄭客。得仁古無怨，順道今何惜。清而幽，謝公詩中無此一種，此唐人先聲也。

秋夜

遯迹避紛喧，貨農棲寂寞。荒徑馳野鼠，空庭聚山雀。既遠人世歡，還賴泉卉樂。折柳樊場圃，負綆汲潭壑。霽旦見雲峰，風夜聞海鶴。江介早寒來，白露先秋落。麻壟方結葉，瓜田已掃籜。傾暉忽西下，迴景思華幕。攀蘿席中軒，臨觴不能酌。終古自多恨，幽悲共淪鑠。

翫月城西門廨中

始見西南樓，纖纖如玉鈎。末映西北墀，娟娟似蛾眉。蛾眉蔽珠櫳，玉鈎隔瑣窗。三五二八時，千里與君同。夜移衡漢落，裴徊帷户中。歸華先委露，別葉早辭風。客游厭苦辛，仕子倦飄塵。休澣自公日，宴慰及私辰。蜀琴抽白雪，郢曲發陽春。肴乾酒未闋，金壺起夕淪。迴軒駐輕蓋，留酌待情人。（少陵所云俊逸，應指此種。）

◎鮑令暉

代葛沙門妻郭小玉作

明月何皎皎，垂幌照羅茵。若共相思夜，知同憂怨晨。芳華豈矜貌，霜露不憐人。君非青雲逝，飄迹事咸秦。妾持一生淚，經秋復度春。

題書後寄行人

自君之出矣，臨軒不解顏。砧杵夜不發，高門晝恒關。帳中流熠燿，庭前華紫蘭。楊枯識節異，鴻歸知客寒。游用暮冬盡，除春待君還。（「楊枯」十字作意。）

◎吴邁遠

胡笳曲

輕命重意氣，古來豈但今。緩頰獻一説，揚眉受千金。邊風落寒草，鳴笳墮飛禽。越情結楚思，漢耳聽胡音。既懷離俗傷，復悲朝光侵。日當故鄉没，遥見浮雲陰。

古意贈今人

寒鄉無異服，氈褐代文練。日日望君歸，年年不解綖。荆揚春蚕和，幽薊猶霜霰。北寒妾已知，南心君不見。誰爲道辛苦，寄情雙飛燕。形迫杼煎絲，顔落風催電。容華一朝改，惟餘心不變。（北寒南心，巧于著詞。）

長相思

晨有行路客，依依造門端。人馬風塵色，知從河塞還。時我有同棲，結宧游邯鄲。將不異客子，分饑復共寒。煩君尺帛書，寸心從此殫。遣妾長憔悴，豈復歌笑顏。簷隱千霜樹，庭枯十載蘭。經春不舉袖，秋落寧復看。一見願道意，君門已九關。虞卿棄相印，擔簦爲同歡。閨陰欲蚤霜，何事空盤桓。

◎王徽

雜詩

思婦臨高臺，長想憑華軒。弄弦不成曲，哀歌送苦言。箕帚留江介，良人處雁門。詎憶無衣苦，但知狐白温。日暗牛羊下，野雀滿空園。孟冬寒風起，東壁正中昏。朱火獨照人，抱景自愁怨。誰知心曲亂，所思不可論。

◎王僧達

答顏延年

長卿冠華陽，仲連擅海陰。珪璋既文府，精理亦道心。君子聳高駕，塵軌實爲林。崇情符遠迹，清氣溢素襟。結游略年義，篤顧棄浮沈。寒榮共偃曝，春醞時獻斟。聿來歲序暄，輕雲出東岑。麥壟多秀色，楊園流好音。歡此乘日暇，忽忘逝景侵。幽衷何用慰，翰墨久謠吟。棲鳳難爲條，淑貺非所臨。誦以永周旋，匣以代兼金。亦著意追琢，答顏詩與顏體相似。○《莊子》曰：忘年志義，振于無境。

和琅琊王依古

少年好馳俠，旅宧游關源。既踐終古迹，聊訊興亡言。隆周爲藪澤，皇漢成山樊。久没離宮地，安識壽陵園。仲秋邊風起，孤蓬卷霜根。白日無精景，黃沙千里昏。顯軌莫殊轍，幽途豈異魂。聖賢良已矣，抱命復何怨。「壽陵」，景帝陵也。

◎沈慶之

侍宴詩 《南史》云：孝武令群臣賦詩，慶之有口辯，手不能書，上令作賦，慶之曰：臣請口授師伯。上令顏師伯執筆，慶之云云。上甚悦，衆坐并稱其詞意之美。

微生遇多幸，得逢時運昌。朽老筋力盡，徒步還南岡。辭榮此聖世，何媿張子房。 武臣詩不嫌其直，與曹景宗詩並傳。

◎陸凱

贈范曄詩 《荆州記》曰：凱與范曄交善，自江南寄梅花一枝與曄，贈詩云云。

折梅逢驛使，寄與隴頭人。江南無所有，聊贈一枝春。

◎湯惠休

怨詩行

明月照高樓，含君千里光。巷中情思滿，斷絶孤妾腸。悲風盪帷帳，瑶翠坐自傷。妾心依天末，思與浮雲長。嘯歌視秋草，幽葉豈再揚。暮蘭不待歲，離華能幾芳。願作張女引，流悲繞君堂。君堂嚴且秘，絶調徒飛揚。 只一起便是絶唱，文通碧雲之句，庶足相擬。○禪寂人作情語，轉覺入微，微處亦可證禪也。○顏延之謂惠休制作委巷間歌謡耳，方當誤後生，豈因其近于豔耶？

◎劉俣

詩一首

城上草，植根非不高。所恨風霜蚤。 似謡。

◎漁父

答孫緬歌 《南史》：潯陽太守孫緬遇漁父，與論用世之道。漁父曰：僕山海狂人，不達世務，未辨貧賤，無論榮貴。乃歌云云。于是悠然鼓棹而去。

竹竿籊籊，河水浟浟。相忘爲樂，貪餌吞鉤。非夷非惠，聊以忘憂。

東方先生曰：首陽爲拙，柳下爲工，此斟酌于工拙之間。

宋人歌 《南史》：檀道濟宋之良將，爲敵所畏，宋主疑而殺之。宋人作歌。

可憐白符鳩，枉殺檀江州。

石城謡

《南史》：袁粲謀舉兵誅齊高帝，褚淵發其謀。粲遇害，而淵獨輔政。百姓語曰。

可憐石頭城，寧爲袁粲死，不作褚淵生。

青溪小姑歌

蔣侯妹。

日暮風吹，葉落依枝。丹心寸意，愁君未知。

古詩源卷十二

齊詩

◎謝朓

玄暉靈心秀口，每誦名句，淵然泠然，覺筆墨之中，筆墨之外，別有一段深情妙理。○康樂每板拙，玄暉多清俊，然詩品終在康樂下，能清不能厚也。

江上曲

易陽春草出，踟蹰日已暮。蓮葉尚田田，淇水不可渡。願子淹桂舟，時同千里路。千里既相許，桂舟復容與。江上可採菱，清歌共南楚。

同謝諮議詠銅雀臺

繐帷飄井榦，樽酒若平生。鬱鬱西陵樹，詎聞鼓吹聲。芳襟染泪迹，嬋娟空復情。玉座猶寂寞，況乃妾身輕。笑魏武也，而托之于樹，何等含蘊。可悟立言之妙。

玉階怨

夕殿下珠簾，流螢飛復息。長夜縫羅衣，思君此何極。竟是唐人絕句。在唐人中爲最上者。

金谷聚

渠碗送佳人，玉杯邀上客。車馬一東西，別後思今夕。別離情事，以澹澹語出之，其情自深。蘇李詩亦不作蹙蹙聲也。

入朝曲 隋王鼓吹曲十首之一。

江南佳麗地，金陵帝王州。逶迤帶緑水，迢遞起朱樓。飛甍夾馳道，垂楊蔭御溝。凝笳翼高蓋，疊鼓送華輈。獻納雲臺表，功名良可收。

同王主簿有所思

佳期期未歸，望望下鳴機。徘徊東陌上，月出行人稀。即景含情，怨在言外。

京路夜發 自丹陽之宣城郡。

擾擾整夜裝，肅肅戒徂兩。曉星正寥落，晨光復泱漭。猶沾餘露團，稍見朝霞上。故鄉邈已夐，山川修且廣。文奏方盈前，懷人去心賞。敕躬每跼蹐，瞻恩惟震蕩。行矣倦路長，無由稅歸鞅。

和徐都曹出新亭渚 徐勉有《昧旦出新亭渚》詩。

宛洛佳遨游，春色滿皇州。結軫青郊路，迴瞰蒼江流。日華川上動，風光草際浮。桃李成蹊徑，桑榆蔭道周。東都已俶載，言歸望緑疇。

游敬亭山

茲山亘百里，合沓與雲齊。隱淪既已託，靈異居然棲。上干蔽白日，下屬帶迴谿。交藤荒且蔓，樛枝聳復低。獨鶴方朝唳，饑鼯此夜啼。渫雲已漫漫，夕雨亦凄凄。我行雖紆組，兼得尋幽蹊。緣源殊未極，歸徑窅如迷。要欲追奇趣，即此凌丹梯。皇恩竟已矣，茲理庶無睽。

游東田

戚戚苦無悰，携手共行樂。尋雲陟累榭，隨山望菌閣。遠樹曖阡阡，生烟紛漠漠。魚戲新荷動，鳥散餘花落。不對芳春酒，還望青山郭。

暫使下都夜發新林至京邑贈西府同僚

大江流日夜，客心悲未央。徒念關山近，終知返路長。秋河曙耿耿，寒渚夜蒼蒼。引領見京室，宮雉正相望。金波麗鳷鵲，玉繩低建章。驅車鼎門外，思見昭丘陽。馳暉不可接，何況隔兩鄉。風雲有鳥道，江漢限無梁。常恐鷹隼擊，時菊委嚴霜。寄言罻羅者，寥廓已高翔。成王定鼎于郟鄏，其南門曰鼎門。○一起滔滔莽莽，其來無端，望京一段，眷戀不已。○『秋河』六語，應關山近，『驅車』六語，應返路長。時眺被讒而去，故有末二語，言已翔乎寥廓，羅者無如何也，用長卿《難父老》篇語意。

酬王晉安

梢梢枝早勁，塗塗露晚晞。南中榮橘柚，寧知鴻雁飛。拂霧朝青閣，日旰坐彤闈。悵望一途阻，參差百慮依。春草秋更綠，公子未西歸。誰能久京洛，緇塵染素衣。《楚辭》曰：白露紛以塗。塗，謂厚也。○鴻雁南棲衡陽，不入晉安之郡，故曰「寧知」。「晉安」，即今之泉州。

郡內高齋閑望答呂法曹 郡爲宣城郡。

結搆何迢遞，曠望極高深。窗中列遠岫，庭際俯喬林。日出衆鳥散，山暝孤猿吟。已有池上酌，復此風中琴。非君美無度，孰爲勞寸心。惠而能好我，問以瑤華音。若遺金門步，見就玉山岑。

新亭渚別范零陵雲

洞庭張樂地，瀟湘帝子游。雲去蒼梧野，水還江漢流。停驂我悵望，輟棹子夷猶。廣平聽方籍，茂陵將見求。心事俱已矣，江上徒離憂。言范同廣平，而聲聽方籍，已當居茂陵之下，將因彼而求見也。郭袤爲廣平太守。

之宣城郡出新林浦向板橋

江路西南永，歸流東北騖。天際識歸舟，雲中辨江樹。旅思倦搖搖，孤游昔已屢。既歡懷祿情，復協滄洲趣。囂塵自茲隔，賞心于此遇。雖無玄豹姿，終隱南山霧。

在郡臥病呈沈尚書 尚書，約也。

淮陽股肱守，高臥猶在茲。況復南山曲，何異幽棲時。連陰盛農節，籉笠聚東菑。高閣常晝掩，荒階少諍辭。珍簟清夏室，輕扇動涼颸。嘉魴聊可薦，淥蟻方獨持。夏李沈朱實，秋藕折輕絲。良辰竟何許，夙昔夢佳期。坐嘯徒可積，爲邦歲已期。弦歌終莫取，撫几令自嗤。南陽太守弘農成縉，任功曹岑晊，時人語曰：南陽太守岑公孝，弘農成縉但坐嘯。

晚登三山還望京邑

灞涘望長安，河陽視京縣。白日麗飛甍，參差皆可見。餘霞散成綺，澄江静如練。喧鳥覆春洲，雜英滿芳甸。去矣方滯淫，懷哉罷歡宴。佳期悵何許，泪下如流霰。有情知望鄉，誰能鬒不變。

直中書省

紫殿肅陰陰，彤庭赫弘敞。風動萬年枝，日華承露掌。玲瓏結綺錢，深沈映朱網。紅藥當階翻，蒼苔依砌上。茲言翔鳳池，鳴珮多清響。信美非吾室，中園思偃仰。朋情以鬱陶，春物方駘蕩。安得淩風翰，聊恣山泉賞。《東宫舊事》曰：窗有四面，結綺連錢。

宣城郡内登望

借問下車日，匪直望舒圓。寒城一以眺，平楚正蒼然。山積陵陽阻，溪流春穀泉。威紆距遥甸，巉巖帶遠天。切切陰風暮，桑柘起寒烟。悵望心已極，惝怳魂屢遷。結髮倦爲旅，平生早事邊。誰規鼎食盛，寧要狐白鮮。方弃汝南諾，言税遼東田。寒城，一聯格高，朱子亦賞之。〇《續漢書》曰：汝南太守宗資，任用范滂，時人謡曰：汝南太守范孟博，南陽宗資主畫諾。〇《魏志》曰：管寧聞公孫度令行海外，遂至遼東。

高齋視事

餘雪映青山，寒霧開白日。曖曖江村見，離離海樹出。披衣就清盥，憑軒方秉筆。列俎歸單味，連駕止容膝。空爲大國憂，紛詭諒非一。安得掃蓬逕，鎖吾愁與疾。起四句寫雪後入神。

落日悵望

昧旦多紛喧，日晏未遑舍。落日餘清陰，高枕東窗下。寒槐漸如束，秋菊行當把。借問此何時，涼風懷朔馬。已傷暮歸客，復思離居者。情嗜幸非多，案牘偏爲寡。既乏琅琊政，方憩洛陽社。

移病還園示親屬

疲策倦人世，斂性就幽蓬。停琴佇凉月，滅燭聽歸鴻。涼薰乘暮析，秋華臨夜空。葉低知露密，崖斷識雲重。折荷葺寒袂，開鏡盼衰容。海暮騰清氣，河關祕棲沖。烟衡時未歇，芝蘭去相從。

送江兵曹檀主簿朱孝廉還上國

方舟泛春渚，携手趨上京。安知慕歸客，詎意山中情。香風蕊上發，好鳥葉間鳴。揮袂送君已，獨此夜琴聲。

秋夜

秋夜促織鳴，南鄰擣衣急。思君隔九重，夜夜空佇立。北窗輕幔垂，西户月光入。何知白露下，坐視階前濕。誰能長分居，秋盡冬復及。

和何議曹郊游

春心澹容與，挾弋步中林。朝光映紅萼，微風吹好音。江陲得清賞，

山際果幽尋。未嘗遠離別，知此愜歸心。流泝終靡已，嗟行方至今。

和王著作融八公山 謝玄敗苻堅處。

二別阻漢坻，雙崤望河澳。茲嶺復巑岏，分區奠淮服。東限琅琊臺，西距孟諸陸。阡眠起雜樹，檀欒蔭修竹。日隱澗疑空，雲聚岫如複。出没眺樓雉，遠近送春目。戎州昔亂華，素景淪伊穀。阽危賴宗衮，微管寄明牧。長蛇固能翦，奔鯨自此曝。道峻芳塵流，業遥年運倏。平生仰令圖，吁嗟命不淑。浩蕩别親知，連翩戒征軸。再遠館娃宮，兩去河陽谷。風烟四時犯，霜雨朝夜沐。春秀良已彫，秋場庶能築。戎州亂華，謂苻堅。「素景」，謂晉以金德王也。○「宗衮」，謂謝安。「明牧」，謂謝玄。「微管」，即微管仲吾其被髮左衽意。古人引用，多割截者。○「長蛇」「奔鯨」，喻苻堅、苻融也。「平生仰令圖」以下，皆朓自謂。○小謝詩俱極流利，而此篇及《和伏武昌》作，典重質實，俱宗仰康樂。

和伏武昌登孫權故城 伏曼容爲武昌太守。

炎靈遺劍璽，當塗駭龍戰。聖期缺中壤，霸功興寓縣。鵠起登吴山，

鳳翔凌楚甸。衿帶窮巖險，帷帟音亦。盡謀選。北拒溺驂鑣，西龕收組練。江海既無波，俯仰流英盼。裘冕類禋郊，卜揆崇離殿。釣臺臨講閱，樊山開廣讌。文物共葳蕤，聲明且葱蒨。三光厭分景，書軌欲同薦。參差世祀忽，寂寞市朝變。舞館識餘基，歌梁想遺囀。故林衰木平，芳池秋草遍。雄圖悵若兹，茂宰深遐睠。幽客滯江皋，從賞乖纓弁。清卮阻獻酬，良書限聞見。幸藉芳音多，承風采餘絢。于役倘有期，鄂渚同游衍。「炎靈」，謂漢。「當塗」，謂魏。言當道而高大者，魏也。○「帷帟盡謀選」，言帷帳共事者皆善謀，而諸侯之選也。○「北拒」，謂禦曹操。「西龕」，謂敗西蜀。龕與戡同。○《周禮》曰：王祀昊天上帝，則服大裘而冕，祀五帝亦如之。「卜揆」，即卜云其吉，揆之以日，言作室也。○《三國名臣頌》曰：三光參分，宇宙暫隔。此言厭分景者，幾欲混一天下也。「參差世祀忽」以下，指亡國後說。○「茂宰」，謂伏武昌。「幽客」，自謂。○《墨子》曰：墨子獻書于惠王，王受而讀之曰：此良書也。此指武昌原作。○宣城係遥和，非共登城者，玩末二句自見。

新治北窗和何從事

國小暇日多，民淳紛務屏。辟牖期清曠，開簾候風景。泱泱日照溪，

團團雲去嶺。岧嶢蘭橑峻，駢闐石路整。池北樹如浮，竹外山猶影。自來彌弦望，及君臨箕潁。清文蔚且詠，微言超已領。不見城壕側，思君朝夕頃。迴舟方在辰，何以慰延頸。

和江丞北戍琅琊城

春城麗白日，阿閣跨層樓。蒼江忽渺渺，驅馬復悠悠。京洛多塵霧，淮濟未安流。豈不思撫劍，惜哉無輕舟。夫君良自勉，歲暮勿淹留。

和王中丞聞琴

涼風吹月露，圓景動清陰。蕙風入懷抱，聞君此夜琴。蕭瑟滿林聽，輕鳴響澗音。無爲澹容與，蹉跎江海心。

離夜

玉繩隱高樹，斜漢耿層臺。離堂華燭盡，別幌清琴哀。翻潮尚知恨，

客思渺難裁。山川不可盡，況乃故人杯。

王孫游

緑草蔓如絲，雜樹紅英發。無論君不歸，君歸芳已歇。

臨溪送別

悵望南浦時，徙倚北梁步。葉上涼風初，日隱輕霞暮。荒城迥易陰，秋溪廣難渡。沫泣豈徒然，君子行多露。

◎王融

渌水曲

湛露改寒司，交鶯變春旭。瓊樹落晨紅，瑶塘水初渌。日霽沙溆明，風泉動華燭。遵渚泛蘭觴，乘漪弄清曲。斗酒千金輕，寸陰百年促。何用盡歡娱，王度式如玉。

巫山高

想像巫山高，薄暮陽臺曲。烟霞乍舒卷，猿鳥時斷續。彼美如可期，寤言紛在矚。憮然坐相思，秋風下庭緑。

蕭諮議西上夜集

徘徊將所愛，惜別在河梁。衿袖三春隔，江山千里長。寸心無遠近，邊地有風霜。勉哉勤歲暮，敬矣事容光。山中殊未懌，杜若空自芳。

和王友德元古意二首

游禽暮知返，行人獨未歸。坐銷芳草氣，空度明月輝。嚬容入朝鏡，思泪點春衣。巫山彩雲没，淇上緑楊稀。待君竟不至，秋雁雙雙飛。

霜氣下孟津，秋風度函谷。念君凄以寒，當軒卷羅縠。纖手廢裁縫，曲鬢罷膏沐。千里不相聞，寸心鬱紛蕴。平聲。況復飛螢夜，木葉亂紛紛。

◎張融

別詩

白雲山上盡，清風松下歇。欲識離人悲，孤臺見明月。

◎劉繪

有所思

別離安可再，而我更重之。佳人不相見，明月空在帷。共御滿堂酌，獨斂向隅眉。中心亂如雪，寧知有所思。

◎孔稚圭

游太平山

石險天貌分，林交日容缺。陰澗落春榮，寒巖留夏雪。陰森。

◎陸厥

臨江王節士歌

木葉下，江波連，秋月照浦雲歇山。秋思不可裁，復帶秋葉來。秋風來已寒，白露驚羅紈。節士慷慨髮衝冠，彎弓挂若木，長劍竦雲端。

◎江孝嗣

北戍琅琊城詩

驅馬一連翩，日下情不息。芳樹似佳人，惆悵余何極。薄暮苦羈愁，終朝傷旅食。丈夫許人世，安得顧心憶。按劍勿復言，誰能耕與織。

東昏時百姓歌 《金陵志》：東昏侯即臺城閱武堂爲芳樂苑，又于苑中立店肆，以潘妃爲市令。

閱武堂，種楊柳。至尊屠肉，潘妃沽酒。

梁詩

◎武帝

逸民

如壟生木，木有異心。如林鳴鳥，鳥有殊音。如江游魚，魚有浮沈。巖巖山高，湛湛水深。事迹易見，理相難尋。淵淵渾渾，不類齊梁風格。

西洲曲 一作晉辭。

憶梅下西洲，折梅寄江北。單衫杏子紅，雙鬢鴉雛色。西洲在何處，兩槳橋頭渡。日暮伯勞飛，風吹烏桕樹。樹下即門前，門中露翠鈿。開門郎不至，出門采紅蓮。采蓮南塘秋，蓮花過人頭。低頭弄蓮子，蓮子青如水。置蓮懷袖中，蓮心徹底紅。憶郎郎不至，仰首望飛鴻。飛鴻滿西洲，望郎上青樓。樓高望不見，盡日闌干頭。闌干十二曲，垂手明如玉。卷簾天自高，海水摇空緑。海水夢悠悠，君愁我亦愁。南風知我意，吹夢到西洲。續續相生，連跗接萼，摇曳無窮，情味愈出。○似絶句數首，攢簇而成，樂府中又生一體。初唐張若虚、劉希夷、七言古，發源于此。

擬青青河畔草

幕幕綉户絲，悠悠懷昔期。昔期久不歸，鄉國曠音徽。音徽空結遲，半寢覺如至。既寤了無形，與君隔平生。月似雲掩光，葉似霜摧老。當途竟自容，莫肯爲妾道。

河中之水歌 一作晉辭。

河中之水向東流，洛陽女兒名莫愁。莫愁十三能織綺，十四采桑南陌頭。十五嫁爲盧家婦，十六生兒字阿侯。盧家蘭室桂爲梁，中有鬱金蘇合香。頭上金釵十二行，足下絲履五文章。珊瑚挂鏡爛生光，平頭奴子擎履箱。人生富貴何所望，恨不早嫁東家王。

東飛伯勞歌 一作古辭。

東飛伯勞西飛燕，黄姑織女時相見。誰家兒女對門居，開顔發豔照里間。南窗北牖挂明光，羅幃綺帳脂粉香。女兒年紀十五六，窈窕無雙顔如玉。三春已暮花從風，空留可憐誰與同。何許駘宕。

天安寺疏圃堂

乘和蕩猶豫，此焉聊止息。連山去無限，長洲望不極。參差照光彩，左右皆春色。晻曖矚游絲，出没看飛翼。其樂信難忘，翛然寧有適。

藉田

寅賓始出日，律中方星鳥。千畝土膏紫，萬頃陂色縹。嚴駕仡霞昕，浥露逗光曉。啓行天猶暗，伐鼓地未悄。蒼龍發蟠蜿，青旂引窈窕。仁化洽孩蟲，德令禁胎夭。耕藉乘月映，遺滯指秋杪。年豐廉讓多，歲薄禮節少。公卿秉耒耜，庶甿荷鋤耰。同攝。一人慚百王，三推先億兆。典重肅穆，能與題稱。

◎簡文帝

詩至蕭梁，君臣上下，惟以豔情爲娱，失温柔敦厚之旨，漢魏遺軌，蕩然掃地矣，故所選從略。

折楊柳

楊柳亂成絲，攀折上春時。葉密鳥飛礙，風輕花落遲。城高短簫發，林空畫角悲。曲中無別意，併是爲相思。風輕花落遲五字雋絶。

臨高臺

高臺半行雲，望望高不極。草樹無參差，山河同一色。仿佛洛陽道，道遠難別識。玉階故情人，情來共相憶。『山河同一色』，自是登高遠望神理。少陵《登塔》云：俯視但一氣，焉能辨皇州？更覺雄跨數倍。

納凉

斜日晚駸駸，池塘生半陰。避暑高梧側，輕風時入襟。落花還就影，驚蟬乍失林。游魚吹水沫，神蔡上荷心。翠竹垂秋采，丹棗映疎砧。無勞夜游曲，寄此託微吟。

◎元帝

詠陽雲樓簷柳

楊柳非花樹，依樓自覺春。枝邊通粉色，葉裏映紅巾。帶日交簾影，因吹掃席塵。拂簷應有意，偏宜桃李人。詠楊柳者，唐人佳句甚多，然不如梁元二語，有天然之致。○『落星依遠戍，斜月半平林。』二語澹遠可風，摘録于此。

折楊柳

巫山巫峽長，垂柳復垂楊。同心且同折，故人懷故鄉。山似蓮花豔，流如明月光。寒夜猿聲徹，游子泪沾裳。連上篇，此種音節，竟是五言近體矣。古詩之亡，亡于齊梁之間，唐陳射洪起而廓清之。文得昌黎，詩得射洪，挽回之功不小。

◎沈約 家令詩，較之鮑、謝，性情聲色，俱遜一格矣。然在蕭梁之代，亦推大家。以邊幅尚闊，詞氣尚厚，能存古詩一脉也。爾時江屯騎、何水曹，各自成家，可以鼎足。○水部名句極多，然漸入近體。

臨高臺

高臺不可望，望遠使人愁。連山無斷絶，河水復悠悠。所思竟何在，洛陽南陌頭。可望不可見，何用解人憂。

夜夜曲

河漢縱且横，北斗横復直。星漢空如此，寧知心有憶。孤燈曖不明，寒機曉猶織。零泪向誰道，鷄鳴徒嘆息。

新安江至清淺深見底貽京邑游好

眷言訪舟客，茲川信可珍。洞徹隨清淺，皎鏡無冬春。千仞寫高樹，百丈見游鱗。滄浪有時濁，清濟涸無津。豈若乘斯去，俯映石磷磷。紛吾隔囂滓，寧假濯衣巾。願以潺湲水，沾君纓上塵。

直學省愁卧

「學省」，國學也。

秋風吹廣陌，蕭瑟入南闈。愁人掩軒卧，高窗時動扉。虛館清陰滿，神宇曖微微。網蟲垂戶織，夕鳥傍櫚飛。纓珮空爲忝，江海事多違。山中有桂樹，歲暮可言歸。詩品自在，是《文選》體。

宿東園

陳王鬥鷄道，安仁采樵路。東郊豈異昔，聊可閒余步。野徑既盤紆，荒阡亦交互。槿籬疎復密，荆扉新且故。樹頂鳴風飆，草根積霜露。驚麏去不息，征鳥時相顧。茅棟嘯愁鴟，平岡走寒兔。夕陰帶層阜，長烟引輕素。飛光忽我遒，豈止歲云暮。若蒙西山藥，頽齡倘能度。潘岳詩曰：出自東郊，憂心搖搖。遵彼萊田，言采其樵。○「西山藥」，見魏文詩。

別范安成

生平少年日，分手易前期。及爾同衰暮，非復別離時。勿言一尊酒，明日難重持。夢中不識路，何以慰相思。一片真氣流出，句句轉，字字厚，去《十九首》不遠。

傷謝朓

吏部信才杰，文峰振奇響。調與金石諧，思逐風雲上。豈言陵霜質，忽隨人事往。尺璧爾何冤，一旦同丘壤。三四語，能狀謝朓之詩。

石塘瀨聽猿

噭噭夜猿鳴，溶溶晨霧合。不知聲遠近，惟見山重沓。既歡東嶺唱，復仁西巖答。

游沈道士館

秦皇御宇宙，漢帝恢武功。歡娱人事盡，情性猶未充。鋭意三山上，託慕九霄中。既表祈年觀，復立望仙宮。寧爲心好道，直由意無窮。曰余知止足，是願不須豐。遇可淹留處，便欲息微躬。山嶂遠重疊，竹樹近蒙籠。開襟濯寒水，解帶臨清風。所累非物外，爲念在玄空。朋來握石髓，賓至駕輕鴻。都令人徑絶，惟使雲路通。一舉凌倒景，同影。無事適華嵩。寄言賞心客，歲暮爾來同。谷永曰：遇風輕舉，登遐倒景。言身在日月之上，日月反從下照，故其景倒也。○『歡娱人事盡』十字，『寧爲心好道』十字，從來富貴人慕神仙之故，斷得確，説得盡。

早發定山

夙齡愛遠壑，晚莅見奇山。標峰綵虹外，置嶺白雲間。傾壁忽斜豎，絶頂復孤圓。歸流海漫漫，出浦水濺濺。野棠開未落，山櫻發欲然。忘歸屬蘭杜，懷禄寄芳荃。眷言采三秀，徘徊望九仙。通體對耦，亦成一格。

冬節後至丞相第詣世子車中作

《齊書》：豫章王嶷薨，贈丞相、楊州牧。長子廉爲世子。

廉公失權勢，門館有虚盈。貴賤猶如此，況乃曲池平。高車塵未滅，珠履故餘聲。賓階緑錢滿，客位紫苔生。誰當九原上，鬱鬱望佳城。《史記·廉頗傳》曰：廉頗失勢之時，故客盡去。乃復爲將，又復至。

奉和竟陵王經劉瓛墓

表閭欽逸軌，式墓禮真魂。化塗終渺默，神理曖猶存。塵經未輟幌，高衡已委門。日蕪子雲舍，徒望董生園。華陰無遺布，楚席有靈樽。元泉倘能慰，長夜且勿論。『華陰』句，用王烈遺盜牛者布事。

古詩源卷十三

梁詩

◎江淹

文通頗能修飾，而風骨未高。

從冠軍建平王登廬山香爐峰

廣成愛神鼎，淮南好丹經。此山具鸞鶴，往來盡仙靈。瑶草正翕赩，玉樹信葱青。絳氣下縈薄，白雲上杳冥。中坐瞰蜿虹，俛伏視流星。不尋遐怪極，則知耳目驚。日落長沙渚，曾陰萬里生。藉蘭素多意，臨風默含情。方學松柏隱，羞逐市井名。幸承光誦末，伏思託後旍。

望荆山

奉詔至江漢，始知楚塞長。南關繞桐柏，西嶽出魯陽。寒郊無留影，秋日懸清光。悲風撓重林，雲霞肅川漲。歲晏君如何，零泪沾衣裳。玉柱空掩露，金樽坐含霜。一聞苦寒奏，再使豔歌傷。蕭瑟。

古離别

《雜擬》共三十首，今存五首。

遠與君别者，乃至雁門關。黄雲蔽千里，游子何時還。送君如昨日，簷前露已團。不惜蕙草晚，所悲道裏寒。君在天一涯，妾身長别離。願一見顔色，不異瓊樹枝。兔絲及水萍，所寄終不移。《淮南子》曰：夫萍樹根于水，木樹根于土，天地性也，此借以表己志之貞。

班婕妤詠扇

紈扇如團月，出自機中素。畫作秦王女，乘鸞向烟霧。彩色世所重，雖新不代故。竊愁凉風至，吹我玉階樹。君子恩未畢，零落在中路。

劉太尉琨傷亂

皇晉遘陽九，天下横氛霧。秦趙值薄蝕，幽并逢虎據。伊余荷寵靈，感激徇馳騖。雖無六奇術，冀與張韓遇。寧戚扣角歌，桓公遭乃舉。荀息冒險難，實以忠貞故。空令日月逝，愧無古人度。飲馬出城壕，北望沙漠路。千里何蕭條，白日隱寒樹。投袂既憤懣，撫枕懷百慮。功名惜未立，玄髮已改素。時哉苟有會，治亂惟冥數。末段悲壯，去太尉不遠。

陶徵君潛田居

種苗在東皋，苗生滿阡陌。雖有荷鉏倦，濁酒聊自適。日暮巾柴車，路闇光已夕。歸人望烟火，稚子候簷隙。問君亦何爲，百年會有没。但願桑麻成，蠶月得紡績。素心正如此，開徑望三益。得彭澤之清逸矣。

休上人怨别

西北秋風至，楚客心悠哉。日暮碧雲合，佳人殊未來。露彩方泛豔，月華始徘徊。寶書爲君掩，瑶琴詎能開。相思巫山渚，悵望陽雲臺。高罏絶沈燎，綺席生浮埃。桂水日千里，因之平生懷。有佳句。

效阮公詩

歲暮懷感傷，中夕弄清琴。戾戾曙風急，團團明月陰。孤雲出北山，宿鳥驚東林。誰謂人道廣，憂慨自相尋。寧知霜雪後，獨見松竹心。

少年學擊劍，從師至幽州。燕趙兵馬地，惟見古時丘。登城望山水，平原獨悠悠。寒暑有往來，功名安可留。

若木出海外，本自丹水陰。群帝共上下，鸞鳥相追尋。千齡猶旦夕，萬世更浮沉。豈與異鄉士，瑜瑕論淺深。

昔余登大梁，西南望洪河。時寒原野曠，風急霜露多。仲冬正慘切，日月少精華。落葉縱横起，飛鳥時相過。搔首廣川陰，懷歸思如何。常願反初服，閑步潁水阿。

宵月輝西極，女圭映東海。佳麗多異色，芬葩有奇采。綺縞非無情，光陰命誰待。不與風雨變，長共山川在。人道則不然，消散隨風改。能脱當時排偶之習，然較之阮公，相去不可數計。

◎范雲

有所思

如何有所思，而無相見時。宿昔夢顏色，階庭尋履綦。高張更何已，引滿終自持。欲知憂能老，爲視鏡中絲。

贈張徐州謖

田家樵採去，薄暮方來歸。還聞稚子説，有客款柴扉。儐從皆珠玳，裘馬悉輕肥。軒蓋照墟落，傳瑞生光輝。疑是徐方牧，既是復疑非。思舊昔言有，此道今已微。物情棄疵賤，何獨顧衡闈。恨不具鷄黍，得與故人揮。懷情徒草草，泪下空霏霏。寄書雲間雁，爲我西北飛。既是疑非，跌宕有神。

送沈記室夜別

桂水澄夜氛，楚山清曉雲。秋風兩鄉怨，秋月千里分。寒枝寧共採，霜猿行獨聞。捫蘿正憶我，折桂方思君。

之零陵郡次新亭

江干遠樹浮，天末孤烟起。江天自如合，烟樹還相似。滄流未可源，高帆去何已。

別詩

洛陽城東西，長作經時別。昔去雪如花，今來花似雪。自然得之，故佳。後人學步，便覺有意。

◎任昉

贈郭桐廬出溪口見候余既未至郭仍進村維舟久之郭生乃至

朝發富春渚，蓄意忍相思。涿令行春返，冠蓋溢川坻。望久方來萃，悲歡不自持。滄江路窮此，湍險方自茲。疊嶂易成響，重以夜猿悲。客心幸自弭，中道遇心期。親好自斯絶，孤游從此辭。如題轉落，不見痕迹。長題以此種爲式。

贈徐徵君

促生悲永路，早交傷晚別。自我隔容徽，于焉徂歲月。情非山河阻，意似江湖悦。東皋有儒素，杳與榮名絶。曾是違賞心，曷用箴余缺。眇焉追平生，塵書廢不閱。信此伊能已，懷抱豈暫輟。何以表相思，貞松擅嚴節。

別蕭諮議 衍。

離燭有窮輝，別念無終緒。歧言未及申，離目已先舉。揆景巫衡阿，臨風長楸浦。浮雲難嗣音，裴徊悵誰與。儻有關外驛，聊訪狎鷗渚。

出郡傳舍哭范僕射 三首之一。

與子別幾辰，經塗不盈旬。弗睹朱顔改，徒想平生人。寧知安歌日，非君撤瑟晨。已矣余何嘆，輟春哀國均。「寧知安歌日」一聯，令人幾不敢言歡娱，情辭極爲深宛。

◎邱遲

侍宴樂游苑送張徐州應詔

詰旦閶闔開，馳道聞鳳吹。輕荑承玉輦，細草藉龍騎。風遲山尚響，雨息雲猶積。音漬。巢空初鳥飛，荇亂新魚戲。實惟北門重，匪親孰爲寄。參差別念舉，肅穆恩波被。小臣信多幸，投生豈酬義。《史記·齊威王》曰：吾使有黔夫者，使守徐州，則燕人祭北門，故知與徐州關合，非尋常徵引。○《西征賦》曰：豈生命之易投？

旦發漁浦潭

漁潭霧未開，赤亭風已颺。櫂歌發中流，鳴鞞響沓嶂。村童忽相聚，野老時一望。詭怪石異象，嶄絶峰殊狀。森森荒樹齊，析析寒沙漲。藤垂島易陟，崖傾嶼難傍。信是永幽棲，豈徒暫清曠。坐嘯昔有委，卧治今可尚。

◎柳惲

江南曲

汀洲採白蘋，日暖江南春。洞庭有歸客，瀟湘逢故人。故人何不返，春花復應晚。不道新知樂，祇言行路遠。

贈吴均

寒雲晦滄洲，奔潮溢南浦。相思白露亭，永望秋風渚。心知别路長，誰謂若燕楚。關候日遼絶，如何附行旅。願作野飛鳥，飄然自輕舉。

擣衣詩

孤衾引思緒，獨枕愴憂端。深庭秋草緑，高門白露寒。思君起清夜，促柱奏幽蘭。不怨飛蓬苦，徒傷蕙草殘。

行役滯風波，游人淹不歸。亭皋木葉下，隴首秋雲飛。寒園夕鳥集，思牖草蟲悲。嗟矣當春服，安見禦冬衣。

鶴鳴勞永嘆，采菉傷時暮。念君方遠游，望妾理紈素。秋風吹緑潭，明月懸高樹。佳人飾净容，招携從所務。

步櫩杳不極，離堂肅已扃。軒高夕杵散，氣爽夜砧鳴。瑶華隨步響，幽蘭逐袂生。踟蹰理金翠，容與納宵清。擣衣只于末首正點，以上寫情。

◎庚肩吾

奉和春夜應令

春牖對芳洲，珠簾新上鈎。燒香知夜漏，刻燭驗更籌。天禽下北閣，織女入西樓。月皎疑非夜，林疎似更秋。水光懸蕩壁，山翠下添流。詎假西園讌，無勞飛蓋游。寫景娟秀。一結是應令體。

亂後行經吳御亭

御亭一回望，風塵千里昏。青袍異春草，白馬即吳門。獯戎鯁伊洛，雜種亂轘轅。輦道同關塞，王城似太原。休明鼎尚重，秉禮國猶存。殷牖爻雖賾，堯城吏轉尊。泣血悲東走，橫戈念北奔。方憑七廟略，誓雪五陵冤。人事今如此，天道共誰論。『御亭』，吳大帝所建，在晉陵，別本作郵亭誤。

詠長信宮中草

委翠似知節，含芳如有情。全由履迹少，併欲上階生。『併欲』字，唐人多此種字法。

經陳思王墓

公子獨憂生，丘壟擅餘名。采樵枯樹盡，犁田荒隧平。寧追宴平樂，詎想謁承明。旦余來錫命，兼言事結成。飄颻河朔遠，颭飊颸風鳴。雁與雲俱陣，涉將蓬共驚。枯桑落古社，寒鳥歸孤城。隴水哀笳曲，漁陽慘鼓聲。離家來遠客，安得不傷情。庾肩吾、張正見，其詩聲色臭味俱備。詩之佳者，在聲色臭味之俱備，如庾如張是也。詩之高者，在聲色臭味之俱無，如陶淵明是也。○梁、陳、隋間人，專工琢句，如庾肩吾《泛舟後湖》：殘虹收度雨，缺岸上新流；張正見《賦得白雲臨浦》：疎葉臨嵇竹，輕鱗入鄭船；《江總贈人》：露洗山扉月，霜開石路烟；隋煬帝：鳥擊初移樹，魚寒欲隱苔，皆成名儁，然比之池塘生春草、天際識歸舟等句，痕迹宛然矣，于此足覘風氣。

◎吳均

答柳惲

清晨發隴西，日暮飛狐谷。秋月照層嶺，寒風掃高木。霧露夜侵衣，關山曉催軸。君去欲何之，參差間原陸。一見終無緣，懷悲空滿目。

酬別江主簿屯騎

有客告將離，贈言重蘭蕙。泛舟當泛濟，結交當結桂。濟水有清源，桂樹多芳根。毛公與朱亥，俱在信陵門。趙瑟鳳凰柱，吳醥金罍樽。我有北山志，留連爲報恩。夫君皆逸翮，搏景復陵騫。白雲間海樹，秋日暗平原。寒蟲鳴趯趯，落葉飛翻翻。何用贈分首，自有北堂萱。『結交當結桂』，『桂』即當君子看。

主人池前鶴

本自乘軒者，爲君階下禽。摧藏多好貌，清唳有奇音。稻粱惠既重，華池遇亦深。懷恩未忍去，非無江海心。

酬周參軍

日暮憂人起，倚户悵無歡。水傳洞庭遠，風送雁門寒。江南霜雪重，相如衣服單。沈雲隱喬樹，細雨滅層巒。且當對樽酒，朱弦永夜彈。

春詠

春從何處來，拂水復驚梅。雲障青鎖闥，風吹承露臺。美人隔千里，羅幃閉不開。無由得共語，空對相思杯。一起飄逸。

山中雜詩

山際見來烟，竹中窺落日。鳥向簷上飛，雲從窗裏出。四句寫景，自成一格。

◎何遜

仲言詩，雖乏風骨，而情詞宛轉，淺語俱深，宜爲沈范心折。○陰、何並稱，然何自遠勝。

日夕望江山贈魚司馬

湓城帶湓水，湓水縈如帶。日夕望高城，耿耿青雲外。城中多宴賞，絲竹常繁會。管聲已流悦，弦聲復凄切。歌黛慘如愁，舞腰凝欲絶。仲秋黄葉下，長風正騷屑。早雁出雲歸，故燕辭簷別。晝悲在異縣，夜夢還洛汭。洛汭河悠悠，起望西南樓。的的帆向浦，團團月映洲。誰能一羽化，輕舉逐飛浮。音響得之《西洲》。

道中贈桓司馬季珪

晨纜雖同解，晚洲阻共入。猶如征鳥飛，差池不可及。本願申羈旅，何言異翔集。君渡北江時，詎令南浦泣。

入西塞示南府同僚

露清晚風冷，天曙江光爽。薄雲巖際出，初月波中上。黯黯連障陰，騷騷急沫響。迴查急礙浪，群飛爭戲廣。伊余本羈客，重暌復心賞。望鄉雖一路，懷歸成二想。在昔愛名山，自知歡獨往。情游乃落魄，得性隨怡養。年事以蹉跎，生平任浩蕩。方還讓夷路，誰知羨魚網。

贈諸游舊

弱操不能植，薄技竟無依。淺智終已矣，令名安可希。擾擾從役倦，屑屑身事微。少壯輕年月，遲暮惜光輝。一塗今未是，萬緒昨如非。新知雖已樂，舊愛盡暌違。望鄉空引領，極目泪沾衣。旅客長憔悴，春物自芳非。岸花臨水發，江燕遶檣飛。無由下征帆，獨與暮潮歸。

送韋司馬別

送別臨曲渚，征人慕前侶。離言雖欲繁，離思終無緒。憫憫分手畢，蕭蕭行帆舉。舉帆越中流，望別上高樓。予起南枝怨，子結北風愁。邐邐山蔽日，洶洶浪隱舟。隱舟邈已遠，裴徊落日晚。歸衢並駕奔，別館空筵卷。想子斂眉去，知予銜泪返。銜泪心依依，薄暮行人稀。曖曖入塘港，蓬門已掩扉。簾中看月影，竹裏見螢飛。螢飛飛不息，獨愁空轉側。北窗倒長簟，南鄰夜聞織。弃置勿復陳，重陳長嘆息。每于頓挫處，蟬聯而下，一往情深。

別沈助教

可憐玉匣劍，復此飛鳧舄。未覺愛生憎，忽見雙成隻。一朝別笑語，萬事成疇昔。道遒若波瀾，人生異金石。願君深自愛，共念悲無益。

與蘇九德別

宿昔夢顔色，咫尺思言宴。何况杳來期，各在天一面。踟蹰暫舉酒，倏忽不相見。春草似青袍，秋月如團扇。三五出重雲，當知我憶君。萋萋若被逕，懷抱不相聞。末四句分頂『秋月』『春草』，隨手成法，無所不可。

宿南洲浦

幽棲多暇豫，從役知辛苦。解纜及朝風，落帆依瞑浦。違鄉已信次，江月初三五。沈沈夜看流，淵淵朝聽鼓。霜洲渡旅雁，朔飆吹宿莽。夜泪坐淫淫，是夕偏懷土。

和蕭諮議岑離閨怨

曉河没高棟，斜月半空庭。窗中度落葉，簾外隔飛螢。含悲下翠帳，掩泣閉金屏。昔期今未返，春草寒復青。思君無轉易，何異北辰星。

臨行與故游夜別

歷稔共追隨，一旦辭群匹。復如東注水，未有西歸日。夜雨滴空階，曉燈暗離室。相悲各罷酒，何時同促膝。

與胡興安夜別

居人行轉軾，客子暫維舟。念此一筵笑，分爲兩地愁。露濕寒塘草，月映清淮流。方抱新離恨，獨守故園秋。

慈姥磯

暮烟起遥岸，斜日照安流。一同心賞夕，暫解去鄉憂。野岸平沙合，連山遠霧浮。客悲不自已，江上望歸舟。已不能歸，而望他舟之歸，情事黯然。

相送

客心已百念，孤游重千里。江暗雨欲來，浪白風初起。

◎**王籍**

入若耶溪

艅艎何泛泛，空水共悠悠。陰霞生遠岫，陽景逐迴流。蟬噪林逾靜，鳥鳴山更幽。此地動歸念，長年悲倦游。（雋語當時傳誦，以爲文外獨絕。）

◎**劉峻**

自江州還入石頭詩

鼓枻浮大川，延睇洛城觀。洛城何鬱鬱，杳與雲霄半。前望蒼龍門，斜瞻白鶴館。槐垂御溝道，柳綴金堤岸。迅馬晨風趨，輕與流水散。高歌梁塵下，絙瑟荆禽亂。我思江海游，曾無朝市玩。忽寄靈臺宿，空軨及關嘆。仲子入南楚，伯鸞出東漢。何敢棲樹枝，取斃王孫彈。

◎**劉孝綽**

古意

燕趙多佳麗，白日照紅妝。蕩子十年別，羅衣雙帶長。春樓怨難守，玉階空自傷。復此歸飛燕，銜泥繞曲房。差池入綺幕，上下傍雕梁。故居猶可念，故人安可忘。相思昏望絶，宿昔夢容光。魂交忽在御，轉側定他鄉。徒然顧枕席，誰與同衣裳。空使蘭膏夜，炯炯對繁霜。

◎**陶弘景**

詔問山中何所有賦詩以答（答齊高帝詔。）

山中何所有，嶺上多白雲。只可自怡悦，不堪持寄君。（即獨寐寤宿，永矢勿告意。）

寒夜怨

夜雲生，夜鴻驚，悽切嘹唳傷夜情。空山霜滿高烟平，鉛華沈照帳孤明。寒月微，寒風緊，愁心絕，愁淚盡。情人不勝怨，思來誰能忍。（音節近詞。『空山』七字却高。）

◎曹景宗

光華殿侍宴賦競病韻

（景宗破魏師凱旋，帝于光華殿宴飲聯句，景宗啓求賦詩。時韻已盡，惟餘競、病二字，景宗操筆而成，帝深嘆賞。朝賢驚嗟累日。）

去時兒女悲，歸來笳鼓競。借問行路人，何如霍去病。

◎徐悱

古意詶到長史溉登琅琊城

（在潤州江寧縣西北十八里。）

甘泉警烽候，上谷抵樓蘭。此江稱豁險，兹山復鬱盤。表裏窮形勝，襟帶盡巖巒。修篁壯下屬，危樓峻上干。登陴越遐望，迴首見長安。金溝朝灞滻，甬道入鴛鸞。鮮車騖華轂，汗馬躍銀鞍。少年負壯氣，耿介立衝冠。懷紀燕山石，思開函谷丸。豈如灞上戲，羞取路傍觀。寄言封侯者，數奇良可嘆。（在爾時已爲高響。）

◎虞羲

詠霍將軍北伐

擁旄爲漢將，汗馬出長城。長城地勢險，萬里與雲平。凉秋八九月，胡騎入幽并。飛狐白日晚，瀚海愁雲生。羽書時斷絶，刁斗晝夜驚。乘墉揮寶劍，蔽日引高旍。雲屯七萃士，魚麗六郡兵。胡笳關下思，羌笛隴頭鳴。骨都先自讋，日逐次亡精。玉門罷斥堠，甲第始修營。位登萬庾積，功立百行成。天長地自久，人道有虧盈。未窮激楚樂，已見高臺傾。當令麟閣上，千載有雄名。（《漢書》：匈奴有骨都侯，有日逐王。○雍門周說孟嘗君曰：千秋萬歲後，高臺既已傾，曲池又已平。○不爲纖靡之習所囿，居然杰作。）

◎衛敬瑜妻王氏

孤燕詩 《南史》：貞女所居户有巢燕，常雙飛來去。後忽孤飛，貞女感其偏棲，乃以縷繫脚爲誌。後歲，此燕更來，猶帶前縷，女復爲詩曰。

昔年無偶去，今春猶獨歸。故人恩義重，不忍復雙飛。貞潔語出以和婉，愈能感人。

◎樂府歌辭

企喻歌 以下横吹曲，乃北音也。

男兒欲作健，結伴不須多。鷂子經天飛，群雀兩向波。

前行看後行，齊著鐵裲襠。前頭看後頭，齊著鐵鉦鉾。

男兒可憐蟲，出門懷死憂。尸喪狹谷中，白骨無人收。有同袍同澤之風。

幽州馬客吟歌辭

快馬常苦瘦，剿兒常苦貧。黄禾起羸馬，有錢始作人。

琅琊王歌辭

新買五尺刀，懸著中梁柱。一日三摩挲，劇于十五女。

客行依主人，願得主人彊。猛虎依深山，願得松柏長。正意在前，喻意在後，古人往往有之。

儈馬高纏鬃，遥知身是龍。誰能騎此馬，惟有廣平公。按《晉書》：廣平公，姚弼興之子，泓之弟也。

鉅鹿公主歌辭

官家出游雷大鼓，細乘犢車開後户。車前女子年十五，手彈琵琶玉節舞。鉅鹿公主殷照女，皇帝陛下萬幾主。

隴頭歌辭

朝發欣城，暮宿隴頭。寒不能語，舌卷入喉。奇語。

隴頭流水，鳴聲幽咽。遥望秦川，心腸斷絶。此章同漢辭。

折楊柳歌辭

上馬不捉鞭，反折楊柳枝。蹀坐吹長笛，愁殺行客兒。

遥看孟津河，楊柳鬱婆娑。我是虜家兒，不解漢兒歌。

健兒須快馬，快馬須健兒。蹕跋黄塵下，然後别雄雌。

木蘭詩

唧唧復唧唧，木蘭當户織。不聞機杼聲，惟聞女嘆息。問女何所思，問女何所憶。女亦無所思，女亦無所憶。昨夜見軍帖，可汗大點兵。軍書十二卷，卷卷有爺名。阿爺無大兒，木蘭無長兄。願爲市鞍馬，從此替爺征。東市買駿馬，西市買鞍韉，南市買轡頭，北市買長鞭。朝辭爺孃去，暮宿黄河邊。不聞爺孃喚女聲，但聞黄河流水鳴濺濺。旦辭黄河去，暮至黑水頭。不聞爺孃喚女聲，但聞燕山胡騎聲啾啾。萬里赴戎機，關山度若飛。朔氣傳金柝，寒光照鐵衣。將軍百戰死，壯士十年歸。歸來見天子，天子坐明堂。策勛十二轉，賞賜百千彊。可汗問所欲，木蘭不用尚書郎，願馳千里足，送兒還故鄉。爺孃聞女來，出郭相扶將；阿姊聞妹來，一作阿妹聞姊來。當户理紅妝；小弟聞姊來，磨刀霍霍向猪羊。開我東閣門，坐我西間床。脱我戰時袍，著我舊時裳。當窗理雲鬢，對鏡帖花黄。出門看火伴，火伴皆驚惶：同行十二年，不知木蘭是女郎。雄兎脚撲朔，雌兎眼迷離；兩兎傍地走，安能辨我是雄雌。事奇詩奇，卑靡時得此，如鳳皇鳴，慶雲見，爲之快絶。○唐人韋元甫有《擬木蘭詩》一篇，後人并以此篇爲韋作，非也。韋係中唐人，杜少陵《草堂》一篇，後半全用此詩章法矣，斷以梁人作爲允。

捉搦歌

華陰山頭百丈井，下有流水徹骨冷。可憐女子能照影，不見其餘見斜領。

黄桑柘屐蒲子履，中央有絲兩頭繫。小時憐母大憐婿，何不早嫁論家計。

古詩源卷十四

陳詩

◎陰鏗

渡青草湖 亦作庾信詩。

洞庭春溜滿，平湖錦帆張。沅水桃花色，湘流杜若香。穴去茅山近，江連巫峽長。帶天澄迥碧，映日動浮光。行舟逗遠樹，度鳥息危檣。滔滔不可測，一葦詎能航。

廣陵岸送北使

行人引去節，送客艤歸艫。即是觀濤處，仍爲郊贈衢。汀洲浪已息，邗江路不紆。亭嘶背櫪馬，檣轉向風烏。海上春雲雜，天際晚帆孤。離舟對零雨，别渚望飛鳧。定知能下泪，非但一楊朱。

江津送劉光禄不及

依然臨送渚，長望倚河津。鼓聲隨聽絶，帆勢與雲鄰。泊處空餘鳥，離亭已散人。林寒正下葉，釣晚欲收綸。如何相背遠，江漢與城闉。

和傅郎歲暮還湘州

蒼茫歲欲晚，辛苦客方行。大江静猶浪，扁舟獨且征。棠枯絳葉盡，蘆凍白花輕。戍人寒不望，沙禽迥未驚。湘波各深淺，空軫念歸情。

開善寺

鶯嶺春光遍，王城野望通。登臨情不極，蕭散趣無窮。鶯隨入户樹，花逐下山風。棟裏歸雲白，窗外落暉紅。古石何年卧，枯樹幾春空。淹留昔未及，幽桂在芳叢。詩至于陳，專工琢句，古詩一綫絶矣。少陵絶句云：頗學陰何苦用心。又《贈太白》云：李侯有佳句，往往似陰鏗。此特賞其句，非取其格也。

◎徐陵

出自薊北門行

薊北聊長望，黄昏心獨愁。燕山對古剎，代郡隱城樓。屢戰橋恒斷，長冰塹不流。天雲如地陣，漢月帶胡秋。漬土泥函谷，挼繩縛凉州。平生燕頷相，會自得封侯。巧句。

別毛永嘉

願子厲風規，歸來振羽儀。嗟余今老病，此別空長離。白馬君來哭，黄泉我詎知。徒勞脱寶劍，空挂隴頭枝。似達愈悲，孝穆集中，不易多得。

關山月

關山三五夜，客子憶秦川。思婦高樓上，當窗應未眠。星旗映疏勒，雲陣上祁連。戰氣今如此，從軍復幾年。

◎周弘讓

留贈山中隱士

行行訪名嶽，處處必留連。遂至一巖裏，灌木上參天。忽見茅茨屋，曖曖有人烟。一士開門出，一士呼我前。相看不道姓，焉知隱與僊。清真似陶詩一派，陳隋時得之大難。

◎周弘正

還草堂尋處士弟

四時易荏苒，百齡倏將半。故老多零落，山僧盡凋散。宿樹倒爲查，舊水侵成岸。幽尋屬令弟，依然歸舊館。感物自多傷，况乃春鶯亂。

◎江總

遇長安使寄裴尚書

傳聞合浦葉，遠向洛陽飛。北風尚嘶馬，南冠獨不歸。去雲目徒送，離琴手自揮。秋蓬失處所，春草屢芳菲。太息關山月，風塵客子衣。

入攝山棲霞寺

净心抱冰雪，暮齒逼桑榆。太息波川迅，悲哉人世拘。歲華皆採穫，冬晚共嚴枯。濯流濟八水，開襟入四衢。兹山靈妙合，當與天地俱。石瀨乍深淺，崖烟遞有無。缺碑横古隧，盤木卧荒塗。行行備履歷，步步憐威紆。高僧迹共遠，勝地心相符。樵隱各有得，丹青獨不渝。寺僧猶有郎詮二師、居士明紹、治中蕭曠塑像圖。遺風佇芳桂，比德喻生芻。寄言長往客，凄然傷鄙夫。薄有清氣，急當收入。○總持更有游攝山詩，中云：荷衣步林泉，麥氣涼昏曉。亦佳句也。

南還尋草市宅

入隋後南還之作。

紅顏辭鞏洛，白首入轘轅。乘春行故里，徐步采芳蓀。徑毀悲求仲，林殘憶巨源。見桐猶識井，看柳尚知門。花落空難遍，鶯啼静易諠。無人訪語默，何處叙寒温。百年獨如此，傷心豈復論。

并州羊腸坂

三春别帝鄉，五月度羊腸。本畏車輪折，翻嗟馬骨傷。驚風起朔雁，落照盡胡桑。關山定何許，徒御慘悲涼。

于長安歸還揚州九月九日行薇山亭賦韻

心逐南雲逝，形隨北雁來。故鄉籬下菊，今日幾花開。

哭魯廣達

爲韓擒虎所執遇害者。

黄泉雖抱恨，白日自留名。悲君感義死，不作負恩生。不嫌自污，真情可憫。

閨怨篇

寂寂青樓大道邊，紛紛白雪綺窗前。池上鴛鴦不獨自，帳中蘇合還空然。屏風有意障明月，燈火無情照獨眠。遼西水凍春應少，薊北鴻來路幾千。願君關山及早度，照妾桃李片時妍。竟似唐律，稍降則爲填詞矣，學者當防其漸。

◎張正見

秋日別庾正員

征途愁轉旆，連騎慘停鑣。朔氣凌疎木，江風送上潮。青雀離帆遠，朱鳶別路遥。唯有當秋月，夜夜上河橋。遇好句不十分卑弱者，亦便收入，鈔詩者至此，眼界放下幾許矣。

關山月

巖間度月華，流彩映山斜。暈逐連城璧，輪隨出塞車。唐蓂遥合影，秦桂遠分花。欲驗盈虛駛，方知道路賒。秦置桂林。言桂林之花，遠分于月中也。

◎何胥

被使出關

出關登隴坂，回首望秦川。絳水通西晉，機橋指北燕。奔流下激石，古木上參天。鶯啼落春後，雁度在秋前。平生屢此別，腸斷自催年。「鶯啼」一聯，極言風景之異。

◎韋鼎

長安聽百舌

萬里風烟異，一鳥忽相驚。那能對遠客，還作故鄉聲。

◎陳昭

昭君詞

跨鞍今永訣，垂泪別親賓。漢地隨行盡，胡關逐望新。交河擁塞霧，隴日暗沙塵。唯有孤明月，猶能遠送人。雅音。

北魏詩 附

◎劉昶

斷句

《南史》：昶兵敗奔魏，棄母、妻，惟攜妾一人，騎馬自隨。在道慷慨爲《斷句》。

白雲滿鄣來，黃塵暗天起。關山四面絶，故鄉幾千里。

◎常景

司馬相如

《北史》：景淹滯門下，積歲不至顯官，以蜀司馬相如、王褒、嚴君平、揚子雲皆有高才，而無重位，乃託意以讚之。

長卿有豔才，直致不群性。鬱若春烟舉，皎如秋月映。游梁雖好仁，仕漢常稱病。清貞非我事，窮達委天命。

王褒

王子挺秀質，逸氣干青雲。明珠既絶俗，白鵠信驚群。才世苟不合，遇否途自分。空枉碧雞命，徒獻金馬文。漢宣帝遣王褒祀金馬碧鷄之神，褒中道卒，故曰「空枉」、曰「徒獻」云。

嚴君平

嚴君性沈静，立志明霜雪。味道綜微言，端蓍演妙説。才屈羅仲口，位結李强舌。素尚邁金貞，清標陵玉徹。

揚雄

蜀江導清流，揚子挹餘休。含光絶後彦，覃思邈前修。世輕久不賞，玄談物無求。當塗謝權寵，置酒得閑游。不及五君詠者，顔作能寫性情，此只引得故實也。以氣體大方，收之。

◎温子昇

從駕幸金墉城

兹城實佳麗，飛甍自相並。膠葛擁行風，岧嶢閦流景。御溝屬清洛，馳道通丹屏。湛淡水成文，參差樹交影。長門久已閉，離宫一何静。細草緣玉階，高枝蔭桐井。微微夕渚暗，肅肅暮風泠。神行揚翠旂，天臨肅清警。伊臣從下列，逢恩信多幸。康衢雖已泰，弱力將安騁。略有三謝之體。

擣衣

長安城中秋夜長，佳人錦石擣流黄。香杵紋砧知近遠，傳聲遞響何凄凉。七夕長河爛，中秋明月光。蠮螉塞邊逢候雁，鴛鴦樓上望天狼。

直是唐人。

◎胡叟

示陳伯達

《北史》：叟入沮渠牧犍，牧犍遇之不重，乃爲詩示伯達云。

群犬吠新客，佞暗排疏賓。直途既已塞，曲路非所遵。望衛惋祝鮀，盼楚悼靈均。何用宣憂懷，託翰寄輔仁。

「輔仁」是康樂一種用法，其詞太直，在北朝取其風格。

◎胡太后

楊白花

《梁書》：楊華少有勇力，容貌雄偉，魏太后逼通之。華懼及禍，乃率其部曲降梁，太后思之，爲作《楊白花》歌，使宫人連臂蹋足歌之，聲甚悽惋。

陽春二三月，楊柳齊作花。春風一夜入閨闥，楊花飄蕩落南家。含情出户脚無力，拾得楊花泪沾臆。春去秋來雙燕子，願銜楊花入窠裏。

音韻纏綿，令讀者忘其穢褻，後人作此題，竟賦楊花，失其旨矣，柳子厚一篇，若隱若露，劇佳。

◎雜歌謠辭

咸陽王歌

《北史》：後魏咸陽王禧謀逆伏誅後，宫人爲之歌。其歌流于江表，北人在南者，弦管奏之，莫不泣下。

可憐咸陽王，奈何作事誤。金床玉几不能眠，夜踏霜與露。洛水湛湛彌岸長，行人那得渡。

深情出以婉節，自能動人。一時文人詩，淺率無味，魏宫中女子多矣。

李波小妹歌

《魏書》：廣平人李波，宗族强盛，殘掠不已。百姓爲之語云云。刺史李安世誘波等殺之，州内肅然。

李波小妹字雍容，褰裙逐馬如卷蓬。左射右射必疊雙。婦女尚如此，男子安可逢。

北齊詩 附

◎邢邵

思公子

綺羅日減帶，桃李無顏色。思君君未歸，歸來豈相識。

◎祖珽

挽歌

昔日驅駟馬，謁帝長楊宮。旌懸白雲外，騎獵紅塵中。今來向漳浦，素蓋轉悲風。榮華與歌笑，萬里盡成空。

◎鄭公超

送庾羽騎抱

舊宅青山遠，歸路白雲深。遲暮難爲別，搖落更傷心。空城落日影，迥地浮雲陰。送君自有淚，不假聽猿吟。翻得新。

◎蕭慤

上之回

發軔城西時，回輿事北游。山寒石道凍，葉下故宮秋。朔路傳清警，邊風卷畫旒。歲餘巡省畢，擁仗返皇州。聲律俱諧，唐音中之佳者。

和崔侍中從駕經山寺

鈎陳夜警徹，河漢曉參横。游騎騰文馬，前驅轉翠旌。野禽喧曙色，山樹動秋聲。雲表金輪見，巖端畫栱明。塔疑從地湧，蓋似積香成。泉高下溜急，松古上枝平。儀台多北思，麗藻蔚緣情。自嗤非照乘，何以繼連城。

秋思

清波收潦日，華林鳴籟初。芙蓉露下落，楊柳月中疏。燕幃緗綺被，趙帶流黃裾。相思阻音息，結夢感離居。『芙蓉』一聯，不從雕琢而得，自是佳句。

◎顏之推

古意

十五好詩書，二十彈冠仕。楚王賜顏色，出入章華裏。作賦凌屈原，讀書誇左史。數從明月讌，或侍朝雲祀。登山摘紫芝，泛江採綠芷。歌舞未終曲，風塵暗天起。吴師破九龍，秦兵割千里。孤兔穴宗廟，霜露沾朝市。璧入邯鄲宮，劍去襄城水。未獲殉陵墓，獨生良足恥。憫憫思舊都，惻惻懷君子。白髮窺明鏡，憂傷没餘齒。直述中懷，轉見古質。

從周入齊夜度砥柱

俠客重艱辛，夜出小平津。馬色迷關吏，鷄鳴起戍人。露鮮華劍彩，月照寶刀新。問我將何去，北海就孫賓。《後漢書》：中常侍唐衡，兄唐玹，盡殺趙岐家屬。岐逃難江湖間，匿名賣餅。時孫嵩察岐非常人，曰：我北海孫賓碩。因藏岐複壁中。數年，諸唐後滅，岐因赦乃免。

◎馮淑妃

感琵琶弦

本齊主后，后爲周師所獲，以賜代王達，侍王彈琵琶，因弦斷作詩。

雖蒙今日寵，猶憶昔時憐。欲知心斷絶，應看膝上弦。

◎斛律金

敕勒歌

《北史》：北齊神武，使斛律金唱《敕勒》，自和之。

敕勒川，陰山下。天似穹廬，籠蓋四野。天蒼蒼，野茫茫，風吹草低見牛羊。莽莽而來，自然高古，漢人遺響也。

◎雜歌謡辭

童謠《北史·齊本紀》：後魏末，文宣未受禪時，有童謠。按『藁』然兩頭，于文爲高。『河邊羖羺』，水邊羊，帝名也。

一束藁，兩頭然，河邊羖羺飛上天。

北周詩 附

◎庾信

陳隋間人，但欲得名句耳。子山于琢句中，復饒清氣，故能拔出于流俗中，所謂軒鶴立鷄群者耶。○子山詩固是一時作手。以造句能新，使事無迹，比何水部似又過之。武陵陳胤倩謂少陵不能青出于藍，直是亦步亦趨，則又太甚矣。名句如《步虚詞》云：漢帝看桃核，齊侯問棗花。《山池》云：荷風驚浴鳥，橋影聚行魚。《和宇文内史》云：樹宿含櫻鳥，花留釀蜜蜂。《軍行》云：塞迥翻榆葉，關寒落雁毛。《法筵》云：佛影胡人記，經文漢語翻。《詶薛文學》云：羊腸連九阪，熊耳對雙峰。和人云：旱雷驚蟄户，流雪長河源。《園庭》云：樵隱恒同路，人禽或對巢。《清晨臨泛》云：猿嘯風還急，鷄鳴潮欲來。《冬狩》云：驚雉逐鷹飛，騰猿看箭轉。和人云：絡緯無機織，流螢帶火寒。《詠畫屏》云：石險松横植，岩懸澗竪流。愛静魚争樂，依人鳥入懷。《夢入堂内》云：日光釵影動，窗影鏡花摇。少陵所云清新者耶？

商調曲

君以宫唱，寬大而謨明。（臣以商應，）聞義則可行。有熊爲政，訪道于容成。殷湯受命，委任于阿衡。忠其敬事，有罪不逃刑。誦其箴諫，言之無隱情。有剛有斷，四方可以寧。既頌既雅，天下乃昇平。專精一致，金石爲之開。動其兩心，妻子恩情乘。苟利社稷，無有不盡裒。昊天降祐，元首惟康哉。黄帝有熊氏，命容成作蓋天。

禮樂既正，神人所以和。玉帛有序，志欲静干戈。各分符瑞，俱誓裂山河。今日相樂，對酒且當歌。道德以喻，聽撞鐘之聲。神奸不若，觀鑄鼎之形。酆宫既朝，諸侯于是穆。岐陽或狩，淮夷自此平。若涉大川，言憑于舟楫。如和鼎實，有寄于鹽梅。君臣一體，可以静氛埃。得人則治，何世無奇才。别爲一體，當存以備觀覽。在爾時，宗廟之樂，亦用靡靡，此如蕢桴土鼓也。

烏夜啼

促柱繁弦非子夜，歌聲舞態異前溪。御史府中何處宿，洛陽城頭那得棲。彈琴蜀郡卓家女，織錦秦川竇氏妻。詎不自驚長淚落，到頭啼烏恒夜啼。

對酒歌

春水望桃花，春洲藉芳杜。琴從綠珠借，酒就文君取。牽馬向渭橋，日曝山頭晡。山簡接羅倒，王戎如意舞。筝鳴金谷園，笛韻平陽塢。人生一百年，歡笑惟三五。何處覓錢刀，求爲洛陽賈。起結致佳。○作意嶔嵜，終歸平順，風氣使然也。

奉和泛江

春江下白帝，畫舸向黄牛。錦纜回沙磧，蘭橈避荻洲。濕花隨水泛，空巢逐樹流。建平船柹下，荆門戰艦浮。岸社多喬木，山城足迴樓。日落江風静，龍吟迴上游。

同盧記室從軍

河圖論陣氣，金匱辨星文。地中鳴鼓角，天上下將軍。函犀恒七屬，絡鐵本千群。飛梯聊度絳，合弩暫凌汾。寇陣先中斷，妖營即兩分。連烽對嶺度，嘶馬隔河聞。箭飛如疾雨，城崩似壞雲。英王于此戰，何用武安君。

至老子廟應詔

虛無推馭辨，寥廓本乘蜺。三門臨苦縣，九井對靈谿。盛丹須竹節，量藥用刀圭。石似臨邛芋，芝如封禪泥。毻音妥。毛新鵠小，盤根古樹低。野戍孤烟起，春山百鳥啼。路有三千别，途經七聖迷。唯當别關吏，直向流沙西。《神仙傳》：老子耳有三門。《郡國志》：苦縣老子廟有九井。○悠悠三千，路難涉矣，趙至語。七聖俱迷，用軒轅訪道事。

擬詠懷 無窮孤憤，傾吐而出，工拙都忘，不專擬阮。

疇昔國士遇，生平知己恩。直言珠可吐，寧知炭可吞。一顧重尺璧，千金輕一言。悲傷劉孺子，悽愴史皇孫。無因同武騎，歸守霸陵園。

榆關斷音信，漢使絶經過。胡笳落淚曲，羌笛斷腸歌。纖腰減束素，别淚損横波。恨盡終不歇，紅顔無復多。枯木期填海，青山望斷河。

摇落秋爲氣，凄凉多怨情。啼枯湘水竹，哭壞杞梁城。天亡遭憤戰，日蹙值愁兵。直虹朝映壘，長星夜落營。楚歌饒恨曲，南風多死聲。眼前一杯酒，誰論身後名。

横流遘屯慝，上慘結重氛。哭市聞妖獸，頹山起怪雲。緑林多散卒，清波有敗軍。智士今安用，忠臣且未聞。惜無萬金産，東求滄海君。（《隋巢子》：三苗大亂，龍生于廟，犬哭于市。）

日晚荒城上，蒼茫餘落暉。都護樓蘭返，將軍疏勒歸。馬有風塵色，人多關塞衣。陣雲平不動，秋蓬卷欲飛。聞道樓船戰，今年不解圍。

蕭條亭障遠，悽愴風塵多。關門臨白狄，城影入黄河。秋風别蘇武，寒水送荆軻。誰言氣蓋世，晨起帳中歌。（『城影』句悲壯。）

步兵未飲酒，中散未彈琴。索索無真氣，昏昏有俗心。涸鮒常思水，驚飛每失林。風雲能變色，松竹且悲吟。由來不得意，何必往長岑。（易震卦云：震索索。）

悲歌度燕水，弭節出陽關。李陵從此去，荆卿不復還。故人形影滅，音書兩俱絶。遥看塞北雲，懸想關山雪。游子河梁上，應將蘇武别。（如聞羽聲。○末路但收李陵，古人章法。）

喜晴應詔敕自疏韻

御辨誠膺録，維皇稱有建。雷澤昔經漁，負夏時從販。柏梁驂駟馬，高陵馳六傳。有序屬賓連，無私表平憲。河堤崩故柳，秋水高新堰。心齋愍昏墊，樂徹憐胥怨。禪河秉高論，法輪開勝辯。王城水門息，洛浦河圖獻。伏泉還習坎，歸風已回巽。桐枝長舊圍，蒲節抽新寸。山藪欣藏疾，幽棲得無悶。有慶兆民同，論年天子萬。『高陵』句，用漢文本紀乘六傳至高陵事，周明帝之立，亦相似也。〇穀洛水鬥，見《國語》。

和王少保遙傷周處士 王少保褒集，闕此題詩。

冥漠爾游岱，悽涼余向秦。雖言異生死，同是不歸人。昔余仕冠蓋，值子避風塵。望氣求真隱，伺關待逸民。忽聞泉石友，芝桂不防身。悵然張仲蔚，悲哉鄭子真。三山猶有鶴，五柳更應春。遂令從渭水，投吊往江濱。

奉和永豐殿下言志

立德齊今古，資仁一毀譽。無機抱甕汲，有道帶經鋤。處下唯名惠，能賢本姓蘧。未論驚寵辱，安知繫慘舒。

詠畫屏風詩

昨夜鳥聲春，驚鳴動四鄰。今朝梅樹下，定有詠花人。流星浮酒泛，粟瑱繞杯脣。何勞一片雨，喚作陽臺神。

三危上鳳翼，九坂度龍鱗。路高山裏樹，雲低馬上人。懸崖泉溜響，深谷鳥聲春。住馬來相問，應知有姓秦。

梅花

常年臘月半，已覺梅花闌。不信今春晚，俱來雪裏看。樹動懸冰落，枝高出手寒。早知覓不見，真悔著衣單。古人詠梅，清高越俗，後人愈刻畫，愈覺粘滯。古人取神，後人取形也。

寄徐陵

故人儻思我，及此平生時。莫待山陽路，空聞吹笛悲。

和侃法師

客游經歲月，羈旅故情多。近學衡陽雁，秋分俱渡河。

重別周尚書

陽關萬里道，不見一人歸。唯有河邊雁，秋來南向飛。（從子山時勢地位想之，愈見可悲。）

◎王褒

關山篇

從軍山隴坂，驅馬度關山。關山恒掩藹，高峰白雲外。遥望秦川水，千里長如帶。好勇自秦中，意氣多豪雄。少年便習戰，十四已從戎。遼水深難渡，榆關斷未通。

渡河北

秋風吹木葉，還似洞庭波。常山臨代郡，亭障繞黃河。心悲異方樂，腸斷隴頭歌。薄暮臨征馬，失道北山阿。（起調甚高。）

隋詩

◎煬帝

（煬帝詩，能作雅正語，比陳后主勝之。）

飲馬長城窟行示從征群臣

肅肅秋風起，悠悠行萬里。萬里何所行，横溪築長城。豈台小子智，先聖之所營。樹茲萬世策，安此億兆生。詎敢憚焦思，高枕于上京。北河秉武節，千里捲戎旗。山川互出沒，原野窮超忽。摐金止行陣，鳴鼓興士卒。千乘萬騎動，飲馬長城窟。秋昏塞外雲，霧暗關山月。緣巖驛馬上，乘空烽火發。借問長城候，單于入朝謁。濁氣静天山，晨光照高闕。釋兵仍振旅，要荒事方舉。飲至告言旋，功歸清廟前。

白馬篇

白馬金貝裝，橫行遼水傍。問是誰家子，宿衛羽林郎。文犀六屬鎧，寶劍七星光。山虛弓響徹，地迥角聲長。宛河推勇氣，隴蜀擅威强。輪臺受降虜，高闕翦名王。射熊入飛觀，校獵下長楊。英名欺衛霍，智策蔑平良。島夷時失禮，卉服犯邊疆。徵兵集薊北，輕騎出漁陽。進軍隨日暈，挑戰逐星芒。陣移龍勢動，營開虎翼張。衝冠入死地，攘臂越金湯。塵飛戰鼓急，風交征旆揚。轉鬥平華地，追犇掃鬼方。本持身許國，況復武功彰。會令千載後，流譽滿旂常。二章氣體自闊大，而骨力未能振起。故知風格初成，菁華未備。

◎楊素

武人亦復奸雄，而詩格清遠，轉似出世高人，真不可解。

山齋獨坐贈薛内史二首

居山四望阻，風雲竟朝夕。深溪橫古樹，空巖卧幽石。日出遠岫明，鳥散空林寂。蘭庭動幽氣，竹室生虛白。落花入户飛，細草當階積。桂酒徒盈樽，故人不在席。日落山之幽，臨風望羽客。

巖壑澄清景，景清巖壑深。白雲飛暮色，緑水激清音。澗户散餘彩，山窗凝宿陰。花草共縈映，樹石相陵臨。獨坐對陳榻，無客有鳴琴。寂寂幽山裏，誰知無悶心。

贈薛播州

《北史》：素以詩遺薛道衡，薛曰：人之將死，其言也善，若是乎？未幾而卒。

在昔天地閉，品物屬屯蒙。和平替王道，哀怨結人風。麟傷世已季，龍戰道將窮。亂海飛群水，貫日引長虹。干戈異革命，揖讓非至公。落句是奸雄語，曹孟德時或有此。

兩河定寶鼎，八水域神州。函關絶無路，京洛化爲丘。漳滏爾連沼，涇渭余别流。生郊滿戎馬，涉路起風牛。班荆疑莫遇，贈縞竟無由。

道昏雖已朗，政故猶未新。刳舟洹水際，結網大川濱。出游迎釣叟，入夢訪幽人。植林雖各樹，開榮豈異春。相逢一時泰，共幸百年身。植林一聯，言己與薛各奮事功，遣詞甚雅。

荏苒積歲時，契闊同游處。閶闔既趨朝，承明還宴語。上林陪羽獵，甘泉侍清曙。迎風含暑氣，飛雨淒寒序。相顧惜光陰，留情共延伫。

滔滔彼江漢，實爲南國紀。作牧求明德，若人應斯美。高卧未褰帷，飛聲已千里。還望白雲天，日暮秋風起。峴山君儻游，泪落應無已。

漢陰政已成，嶺表人猶蠹。彈冠比方新，還珠總如故。楚人結去思，越俗歌來暮。陽烏尚歸飛，别隺還迴顧。君見南枝巢，應思北風路。

養病願歸閑，居榮在知足。棲遲茂陵下，優游滄海曲。故人情可見，今人遵路矚。荒居接野窮，心物俱非俗。桂樹芳叢生，山幽竟何欲。

秋水魚游日，春樹鳥鳴時。濠梁暮共往，幽谷有相思。千里悲無駕，一見杳難期。山河散瓊蕊，庭樹下丹滋。物華不相待，遲暮有餘悲。

銜悲向南浦，寒色黯沈沈。風起洞庭險，烟生雲夢深。獨飛時慕侶，寡和乍孤音。木落悲時暮，時暮感離心。離心多苦調，詎假雍門琴。從天下之亂，説到定鼎，次説求材，次説立朝，次説薛之出守，頌春政成，次説己之歸閑，末致相思之意。一題幾章，須具此章法。○未嘗不排，而不覺排偶之迹，骨高也。

◎盧思道

游梁城

揚鑣歷汴浦，迴皂入梁墟。漢藩文雅地，清塵曖有餘。賓游多任俠，臺苑盛簪裾。嘆息徐公劍，悲凉鄒子書。亭臯落照盡，原野沍寒初。鳥散空城夕，烟銷古樹疎。東越嚴子陵，西蜀馬相如。修名竊所慕，長謡獨課虛。

◎薛道衡

昔昔鹽

『昔昔』，猶夜夜也。『鹽』，引之轉而訛也。

垂柳覆金堤，蘼蕪葉復齊。水溢芙蓉沼，花飛桃李蹊。採桑秦氏女，織錦竇家妻。關山别蕩子，風月守空閨。恒斂千金笑，長垂雙玉啼。盤龍隨鏡隱，彩鳳逐帷低。飛魂同夜鵲，倦寢憶晨鷄。暗牖懸蛛網，空梁落燕泥。前年過代北，今歲往遼西。一去無消息，那能惜馬蹄。

『暗牖懸蛛網』二句，從張景陽青苔依空墻，蜘蛛網四屋化出。而其發原，則在伊威在室，蠨蛸在户，但後人愈巧耳。

敬酬楊僕射山齋獨坐

相望山河近，相思朝夕勞。龍門竹箭急，華岳蓮花高。岳高障重疊，鳥道風烟接。遥原樹若薺，遠水舟如葉。葉舟旦旦浮，驚波夜夜流。露寒洲渚白，月冷函關秋。秋夜清風發，彈琴即鑑月。雖非莊舃歌，吟詠常思越。

楊素封越國公。○『遥原』二語，孟襄陽祖此句法。

人日思歸

入春纔七日，離家已二年。人歸落雁後，思發在花前。

◎虞世基

出塞

上將三略遠，元戎九命尊。恤懷古人節，思酬明主恩。山西多勇氣，塞北有游魂。揚桴度隴坂，勒騎上平原。誓將絶沙漠，悠然去玉門。輕齎不遑舍，驚策騖戎軒。懔懔邊風急，蕭蕭征馬煩。雪暗天山道，冰塞交河源。霧烽黯無色，霜旗凍不翻。耿介倚長劍，日落風塵昏。

入關

隴雲低不散，黄河咽復流。關山多道里，相接幾重愁。

◎孫萬壽

和周記室游舊京

大夫愍周廟，王子泣殷墟。自然心斷絶，何關繫慘舒。僕本漳濱士，舊國亦淪胥。紫陌風塵起，青壇冠蓋疎。臺留子建賦，宮落仲將書。譙周自題柱，商容誰表閭。聞君懷古曲，同病亦漣洳。方知周處嘆，前後信非虛。三四語翻得高，韋誕字仲將，爲魏書凌雲臺者，周處將戰死，嘆曰：軍無後繼必敗，不徒身亡，爲國取耻。

早發揚州還望鄉邑

鄉關不再見，悵望窮此晨。山烟蔽鍾阜，水霧隱江津。洲渚斂寒色，杜若變芳春。無復歸飛羽，空悲沙塞塵。

東歸在路率爾成詠

學宦兩無成，歸心自不平。故鄉尚千里，山秋猿夜鳴。人愁慘雲色，客意慣風聲。羈恨雖多緒，俱是一傷情。

◎王胄

別周記室

五里徘徊隺，三聲斷絶猿。何言俱失路，相對泣離樽。別路凄無已，當歌寂不喧。貧交欲有贈，掩涕竟無言。

◎尹式

別宋常侍

游人杜陵北，送客漢川東。無論去與住，俱是一飄蓬。秋鬢含霜白，衰顔倚酒紅。別有相思處，啼烏雜夜風。

◎孔德紹

送蔡君知入蜀

金陵已去國，銅梁忽背飛。失路遠相送，他鄉何日歸。

夜宿荒村

綿綿夕漏深，客恨轉傷心。撫弦無人聽，對酒時獨斟。故鄉萬里絶，窮愁百慮侵。秋草思邊馬，遶枝驚夜禽。風度谷餘響，月斜山半陰。勞歌欲叙意，終是白頭吟。

◎孔紹安

落葉

早秋驚落葉，飄零似客心。翻飛未肯下，猶言惜故林。頗能寄託。

别徐永元秀才

金湯既失險，玉石乃同焚。墜葉還相覆，落羽更爲群。豈謂三秋節，重傷千里分。促離弦易轉，幽咽水難聞。欲識相思處，山川間白雲。『墜葉』一聯，比亂離之後，兩人結契，非尋常寫景，下轉到惜别。

◎陳子良

送别

落葉聚還散，征禽去不歸。以我窮途泣，沾君出塞衣。不堪。○亦見《何遜集》，略有異同。

七夕看新婦隔巷停車

隔巷遥停幰，非復爲來遲。只言更尚淺，未是渡河時。寫來合并無迹。

◎王申禮

賦得巖穴無結搆

巖間無結搆，谷處極幽尋。葉落秋巢迴，雲生石路深。早梅香野徑，清澗響丘琴。獨有棲遲客，留連芳杜心。

◎吕讓

和入京

俘囚經萬里，憔悴度三春。髮改河陽鬢，衣餘京洛塵。鍾儀悲去楚，隨會泣留秦。既謝平吴利，終成失路人。

◎明餘慶

從軍行

三邊烽亂驚，十萬且横行。風卷常山陣，笳喧細柳營。劍花寒不落，弓月曉逾明。會取淮南地，持作朔方城。『劍花』一聯，唐人極摹此種句法。

◎大義公主

『公主』，後周宇文氏女，嫁爲突厥沙鉢略妻，初名千金公主。隋滅周，自傷宗祀絶滅，每褱復隋周之志，日夜言于沙鉢略，悉衆爲寇，後沙鉢略内附，賜姓楊氏，改封大義公主。隋平陳後，以陳叔寶屏風賜主，主心恒不平，因書屏風爲詩。

書屏風詩

盛衰等朝暮，世道若浮萍。榮華實難守，池臺終自平。富貴今何在，空事寫丹青。杯酒恒無樂，弦歌詎有聲。余本皇家子，飄流入虜庭。一朝睹成敗，懷抱忽縱横。古來共如此，非我獨申名。唯有明君曲，偏傷遠嫁情。英氣勃勃。事雖不成，精衛之志，不可泯滅。

◎無名氏

送别詩

楊柳青青著地垂，楊花漫漫攪天飛。柳條折盡花飛盡，借問行人歸不歸。竟似盛唐人手筆。○《東虚記》云：此詩作于大業末年，指煬帝巡游無度，民窮財盡，望其返國。五子作歌之意也。

雞鳴歌

東方欲明星爛爛，汝南晨雞登壇唤。曲終漏盡嚴具陳，月没星稀天下旦。千門萬户遞魚鑰，宫中城上飛烏鵲。

文華叢書

《文華叢書》是廣陵書社歷時多年精心打造的一套綫裝小型開本國學經典。選目均爲中國傳統文化之經典著作，如《唐詩三百首》《宋詞三百首》《古文觀止》《四書章句》《六祖壇經》《山海經》《天工開物》《歷代家訓》《納蘭詞》《紅樓夢詩詞聯賦》等，均爲家喻户曉、百讀不厭的名作。裝幀採用中國傳統的宣紙、綫裝形式，古色古香，樸素典雅，富有民族特色和文化品位。精選底本，精心編校，字體秀麗，版式疏朗，價格適中。經典名著與古典裝幀珠聯璧合，相得益彰，贏得了越來越多讀者的喜愛。現附列書目，以便讀者諸君選購。

文華叢書

書目　一

文華叢書書目

人間詞話（套色）（二册）
三字經·百家姓·千字文·弟子規（外二種）（二册）
三曹詩選（二册）
千家詩（二册）
小窗幽紀（二册）
山海經（插圖本）（三册）
元曲三百首（二册）
元曲三百首（插圖本）（二册）
六祖壇經（二册）
天工開物（插圖本）（四册）
王維詩集（二册）
文心雕龍（二册）
片玉詞（套色、注評、插圖）（二册）
世説新語（二册）
古文觀止（四册）
古詩源（三册）
四書章句（大學、中庸、論語、孟子）（二册）
史記菁華録（三册）
白居易詩選（二册）
老子·莊子（三册）
西厢記（插圖本）（二册）
宋詞三百首（二册）
宋詞三百首（套色、插圖本）（二册）
宋詩舉要（三册）
李白詩選（簡注）（二册）
李商隱詩選（二册）
李清照集·附朱淑真詞（二册）
杜甫詩選（簡注）（二册）
杜牧詩選（二册）
辛弃疾詞（二册）
呻吟語（四册）
花間集（套色、插圖本）（二册）

孝經・禮記(三冊)
近思録(二冊)
林泉高致・書法雅言(一冊)
東坡志林(二冊)
東坡詞(套色、注評)(二冊)
長物志(二冊)
孟子(附孟子聖迹圖)(二冊)
孟浩然詩集(二冊)
金剛經・百喻經(二冊)
周易・尚書(二冊)
茶經・續茶經(三冊)
紅樓夢詩詞聯賦(二冊)
柳宗元詩文選(二冊)
唐詩三百首(二冊)
唐詩三百首(插圖本)(二冊)
孫子兵法・孫臏兵法・三十六計(二冊)
格言聯璧(二冊)
浮生六記(二冊)
秦觀詩詞選(二冊)
笑林廣記(二冊)
納蘭詞(套色、注評)(二冊)
陶庵夢憶(二冊)
陶淵明集(二冊)
曾國藩家書精選(二冊)
飲膳正要(二冊)
絶妙好詞箋(三冊)
菜根譚・幽夢影(二冊)
菜根譚・幽夢影・圍爐夜話(三冊)
閑情偶寄(四冊)
夢溪筆談(三冊)
傳統蒙學叢書(二冊)
傳習録(二冊)
搜神記(二冊)
楚辭(二冊)
經典常談(二冊)
詩品・詞品(二冊)

文華叢書

書目 二

詩經(插圖本)(二冊)
園冶(二冊)
裝潢志・賞延素心録(外九種)(二冊)
隨園食單(二冊)
遺山樂府選(二冊)
管子(四冊)
墨子(三冊)
論語(附聖迹圖)(二冊)
樂章集(插圖本)(二冊)
學詩百法(二冊)
學詞百法(二冊)
戰國策(三冊)
歷代家訓(簡注)(二冊)
顔氏家訓(二冊)
*文房四譜(二冊)
*史略・子略(三冊)
*列子(二冊)
*荀子(三冊)
*骨董十三説・畫禪室隨筆(二冊)
*秋水軒尺牘(二冊)
*姜白石詞(一冊)
*珠玉詞・小山詞(二冊)
*酒經・酒譜(二冊)
*雪鴻軒尺牘(二冊)
*張玉田詞(二冊)
*經史問答(二冊)
*蕙風詞話(三冊)
(*爲即將出版書目)